소렌토 아리랑

The Song of Sorrento Arirang

국립중앙도서관 출판시도서목록(CIP)

소렌토 아리랑 = (The) song of Sorrento Arirang : 이경구
수필집 / 지은이: 이경구. -- 서울 : 선우미디어, 2014

    p. ;   cm

ISBN 978-89-5658-363-1 03810 : ₩12000

한국 현대 수필[韓國現代隨筆]

814.7-KDC5

895.745-DDC21   CIP2014003074

소렌토 아리랑

2014년 2월 5일 1판 1쇄 발행

지은이 · 이경구 | 발행인 · 이선우
펴낸곳 · 도서출판 선우미디어
등록 | 1997. 8. 7 제300-1997-148호
110-070 서울시 종로구 새문안로3길, 36 (내수동 용비어천가) 1435호
☎ 2272-3351, 3352 팩스: 2272-5540 sunwoome@hanmail.net

Printed in Korea ⓒ 2014 이경구

값 12,000원

ISBN 89-5658-363-1 03810

이경구 수필집

소렌토 아리랑
The Song of Sorrento Arirang

Essays by Kyung Ku Lee

선우미디어

작가의 말

내가 그의 이름을 불러 주었을 때
그는 나에게로 와서
꽃이 되었다.

—김춘수의 시 「꽃」에서

죽음이 네 문전을 찾는 날
너는 무엇을 내보일 수 있겠는가.

오오, 나는 내 생명 가득 찬 잔을
그 손님에게 드리리라.
결코 빈손으로 돌아가게 하지는 않으리

—R. 타고르/김양식 역, 「기탄잘리」에서

나의 수필 쓰기와 이 책에 쏟은 열정은 위의 시구와 같다. 내가 십여 년에 걸쳐 쓴 『소렌토 아리랑』에는 팔순 가까이 살아온 발자취, 회상의 글, 인생의 낙수, 반성의 글, 남기고 싶은 말이 담겨 있다.

　이 책의 집필과 증보를 도와 준 아내와 아들딸 내외, 책 표지 및 망초 스케치를 그린 큰아들, 그리고 출판을 맡아 주신 이선우 수필가에게 고마움을 표한다.

2014년 2월

이경구

차 례

1. 까치 소리

저자 (수름재 셋집매 앞들)

벼

추석이 지나고 가을비가 두어 차례 오더니, 햇살이 한결 부드러워지고 하늘은 더욱 파래졌다.

여름 내내 매미 소리가 가득하던 텃밭 감나무 숲도 붉게 물들고, 아침저녁으로 찬바람이 옷 속으로 스며든다.

이 날도 김 서방은 새벽같이 일어나 소를 앞세우고 대문을 나섰다. 동네 어귀를 넘어서 마차길로 가다가 왼쪽 둑길로 빠지니, 북녘 들이 누런 모습을 드러내고 있었다.

"자네는 부지런해서 마누라 업어줄 겨를도 없을 걸세."

윗동네에 사는 박 서방이 둑 너머에서 수수를 자르며 지르는 소리였다.

김 서방은 아랑곳하지 않고 소를 둑에 매어 놓고 논두렁으로 내려갔다. 바지를 걷어붙이고 낫을 들고 논으로 들어서니 발이 시렸다. 그러나 참고 벼를 베었다.

들 가운데에 남북으로 뻗어 있는 신작로에 버스의 왕래가 잦아질 무렵에, 김 서방댁이 아침을 이고 둑으로 나왔다.

김 서방은 논에서 나오며,

"풍년이 들어 그런지 볏단이 묵직묵직혀."

하고 말하였다.

아내가 둑 위에 상을 차리며,

"올해는 쌀금이 얼마나 될는지요?"

하고 물었다.

김 서방은 둑에 앉아 아내가 떠 주는 국에 밥을 말아 맛있게 먹었다. 아침 햇빛에 드러난 아내의 얼굴은 주름지어 있었다.

김 서방댁은 점심을 지어 오겠다고 하면서 먼저 일어섰다.

버스를 타러 둑길을 걸어 내려오던 학생들이 김 서방을 보자 모자를 벗고 꾸벅꾸벅 절을 하며 지나갔다.

김 서방은 논으로 들어갔다. 벼를 베면서 날이 조금만 가물어도 모를 낼 수 없는 땅임에도 팔지 않고 간수해 왔다고 생각하니, 마음이 흐뭇하였다.

옆에 따라다니던 그림자가 작아진 것을 보자, 논두렁으로 나가 둑으로 올라갔다. 소를 끌어다가 개울물에 대어 주자, 큰 배를 불렸다 줄였다 하면서 물을 많이 들이켰다. 소에게 풀을 뜯기고 있는데, 아내가 점심을 이고 왔다.

김 서방은 둑에 앉아서 밥에 김치를 넣고 비볐다. 밥 한 그릇을 비우고 나자 밥을 덜어서 또 비볐다. 점심을 먹고 나니 몸이 나른

하였다.

논으로 들어가 벼 베기를 하였다. 아내가 집에 일찍 오라고 이르며 가는 줄도 모르고 벼를 베던 김 서방은, 허리가 뻐근해 오자 몸을 잠깐 일으켰다.

신사 하나가 둑길을 걸어 올라오는 모습이 보였다. 사우디아라비아에 돈을 벌러 간 아들인가 싶어서 유심히 바라보았으나 아니었다. 모를 심을 때에 고향을 떠났는데, 벌써 돌아올 리가 없다고 생각하며 부지런히 벼를 베었다.

둑 쪽에서,

"아빠, 저게 쌀풀이라는 거지요?"

하는 소리가 들려 왔다.

누구일까 하고 돌아다보니, 둑길을 걸어 올라오던 신사와 손에 잠자리채를 든 소년이 둑에 서 있지 않은가.

소년은 신사의 손을 잡고,

"소를 봐요. 배가 굉장히 커요."

하고 말한다.

회색 줄무늬 양복에 안경을 쓴 그 신사는, 산마을에 가서 돼지 구경도 하자고 하며 둑길을 걸어 올라갔다.

김 서방은 낫을 들고 논으로 들어갔다. 벼를 마저 베자 속이 후련하였다. 볏단들을 한데 모아 줄가리를 쳤다.

땅거미가 질 무렵에 소를 앞세우고 둑길을 걸어 올라갔다. 마차 길로 나가 산기슭을 돌아가면 동네 어귀로 넘어가는 길이 나온다.

고삐로 소 엉덩이를 치며 동네로 들어섰다. 소는 용케도 김 서방 집 대문을 알아보았다. 김 서방은 소가 고마웠다.

시원한 우물물로 등목을 하였다. 마루에 올라앉으니 몸이 개운하였다. 아내가 저녁상을 들고 올라왔다. 겸상을 권하며 밥 한 그릇을 비웠다. 아내가 떠다 준 숭늉을 마시고 나서 방으로 들어갔다.

다음 날부터 김 서방은 소로 텃논에 줄가리쳐 놓았던 볏단을 날라다 마당 가에 쌓았다. 북녘 들에 줄가리쳐 놓았던 볏단은 마차로 실어날랐다. 노적가리를 쳐다보니 기분이 좋았다.

그러는 사이에 장날이 돌아왔다. 김 서방은 가마솥에 여물을 넣고 쇠죽을 끓여서 소에게 퍼다 주었다. 그러고는 서둘러 세수하고 방에 들어가 아침을 먹었다.

거울 앞에서 넥타이를 매고 있는데, 아내가 크림을 사오라고 졸랐다. 아내의 부탁을 마음에 새기며 대문을 나섰다.

동네 어귀 너머 주막집에는 장사꾼들이 모여 햇볕을 쬐며 웅성거리고 있었다. 아마도 햇곡식을 팔려고 그러는 모양이다.

이발소 앞에서 박 서방을 만났다. 버스를 타고 가자는 박 서방에게 걷자고 하였다. 둘이서 담소를 나누고 싶었기 때문이다. 친구의 옷소매를 잡고 삼거리의 남쪽 신작로로 나왔다.

시내를 향하여 앞서 가며 이렇게 물었다.

"쌀풀이라는 풀도 있나?"

박 서방은 너털웃음을 웃고 나서,

"부인들이 옷을 빨고 나서 다림질을 하기 위해 풀을 먹일 때에 쓰는 풀도 모르다니 마누라허구 헛살았구먼. 쌀을 갈아서 쑨 풀이 쌀풀일세."

하고 대답하였다.

김 서방은 벼를 베던 날 소년이 한 말을 들려 주었다.

그 소리에 박 서방은,

"듣고 보니 그 신사는 아들한테 벼를 보여 주려고 들을 찾은 것일세."

그 말에 김 서방은,

"그런 것 같네."

하며 빙그레 웃었다.

두 사람은 오랜만에 정담을 나누며 장승배기 고개를 넘었다.

이것은 내가 아들을 그리는 글이다. 나하고 영등포 근교의 어느 마을로 벼 베기 구경을 갔던 아들, 곧 글 속의 소년은 어바나 샴페인 일리노이 대학교 컴퓨터 공학과에 들어갔다.

[1995. 6 〈白眉文學〉 창간호]

초가 그림 이야기

몹시 더운 어느 날 오후였다. 테이블 앞에 앉아 작품 구상에 열중하고 있는데, 현관문을 두드리는 소리가 들려 왔다.

나는 우체부가 왔으려니 하고 문을 열었다. 어떤 청년이 대형 봉투를 건네 주기에 받아 보니, 겉봉에 '안영목화집(安泳穆畫集)'이라고 쓰여 있지 않은가. 안영목 님은 고향의 중학교 선배다.

거실로 가지고 와서 아내와 함께 열어 보았다. 화집 속에는 뜻밖에도 내가 갖고 싶던 농촌 풍경을 그린 유화가 들어 있었다. 초가집 그림을 보자, 시골에서 읍내에 있는 국민학교에 다녔을 때에 성이 김(金)이라는 선생님이 들려준 이야기 속의 초가집이 연상되었다.

선생님은 가네야마(金山)라는 일본식 성으로 우리 학교에서 교사 생활을 하다가, 징집 영장을 받고 일본 관동군(關東軍) 이등병이 되었다. 근무지는 만주 흑룡강(黑龍江) 상류의 국경 부근이었다.

병영 생활은 입고 온 옷을 그대로 입고 밤낮 들판으로 나가 일하는 것이 고작이었다. 그날도 밤이 깊도록 밖에서 일하고 있는데, 소련군이 국경을 넘었다는 소식이 왔다.

병사들은 그제서야 군복을 받아 입고 철모와 소총으로 무장하기가 무섭게, 트럭을 타고 국경으로 출동을 하게 되었다. 그때가 새벽 한 시경이었다.

총알이 선생님의 광대뼈를 스쳐 옆에 있던 일본인 병사의 눈에 명중하였다. 그가 대신해서 총을 맞은 모양이었다.

트럭에서 내려 비장한 각오로 착검을 하고 갈대숲에 엎드렸다. 벌레 소리가 멈추자, 전방에서 갈대를 헤치는 소리가 들려 왔다. 소련군의 인기척이 분명해 보였다.

"도쓰게키(突擊)!" 하는 소대장의 절규와 함께 함성을 지르면서 소련군을 향하여 돌진하였다. 그랬더니 소련군도 용감무쌍하게 돌진해 와서, 육박전을 벌이다가 실신하였다. 눈을 떠 보니 병사들이 온데간데없었다. 고독감이 서서히 몸을 조여 왔다.

가까이서 "아이고 아이고" 하는 소리가 났다. 기어가 보니 조선인 병사가 복부에 총상을 입고 신음하고 있었다. 그는 고통을 이기려고 안간힘을 쓰다가 숨을 거두었다.

선생님은 밤하늘의 북두칠성(北斗七星)을 보고 남녘을 찾아서 기었다. 갈대숲이 끝나는 곳에 다다르니, 온몸이 지칠 대로 지쳐서 더는 움직일 수가 없었다.

마침 그때 날이 훤히 밝아 오면서 저 아래 마을 입구에 초가집

한 채의 윤곽이 어렴풋이 드러나 보였다. 지붕이 둥그스름한 것이 영락없는 조선 초가집이었다. 이역 만주 땅에서 조선 초가집과 마주치게 되니 반갑기가 그지없었다.

초가집 대문을 밀고 들어가 살려 달라고 하였다. 그랬더니 노인 부부가 일본은 졌다고 하면서, 밥상을 차려 주었고 옷과 신발까지 갈아 입혔다. 동포 어른들의 온정에 감격하여 목이 메었다.

노인 부부에게 석별의 인사를 드렸다. 남녘 하얼빈(哈爾濱)을 향하여 길을 떠났는데, 발걸음이 그렇게도 가벼울 수가 없었다고 하였다.

지금은 선생님도 가고 없고 내가 살던 초가도 사라졌다. 초가 그림이 실린 화집을 보내 준 선배가 고맙기 이를 데 없다.

(1996. 11)

차례(次例)

올해 들어 나는 동년배(同年輩)들의 부음(訃音)을 자주 받아 본다. 그런 때면 나도 묻힐 곳을 구해 놓아야겠다는 생각이 들었다.

시성 이태백(李太白)의 「춘야연도리원서(春夜宴桃李園序)」라는 글에 '세월은 영원한 과객[光陰者 百代之過客]'이라는 말이 있다. 그래서 친구들은 이순(耳順)이 되기 전부터 묏자리를 보아 왔다고 하는데, 나는 유유자적(悠悠自適)한 생활을 즐기다 보니 그렇지를 못하였다.

나의 죽마 고우(竹馬故友)가 지은 『바람 따라 구름 따라』라는 수필집에 보면, 「공원묘지」라는 제목으로 쓴 글에 '오늘은 내 차례(次例) 내일은 네 차례'라는 말이 있다. '사람의 가치는 죽은 뒤에야 정해지는 것이다[蓋棺事定]'라는 고사(故事)나 라틴어로 종말을 생각하라는 뜻의 '레스피케 피넴'이라는 잠언(箴言)에 비하면, 죽음을 생각해 보게 하는 말치고 얼마나 생동감을 주는 것인가. 나는 친구의 말을 좋아한다.

　나는 정년으로 공직에서 물러난 이후부터 중국 진(晉)나라 시인이며 관리였던 도연명(陶淵明)의 생애를 되새김해 보며 글을 쓰고 있다. 서기 405년 11월에 팽택(彭澤)의 태수(太守) 자리를 버리고 귀향할 때에, 그가 지은 「귀거래사(歸去來辭)」는 안심 입명(安心立命)의 경지를 보여 주는 시여서 공감을 느낀다.

　　회량신이고왕(懷良辰以孤往)하고
　　혹치장이운자(或植杖而耘耔)라.
　　등동고이서소(登東皐以舒嘯)하고
　　임청류이부시(臨淸流而賦詩)라.
　　요승화이귀진(聊乘化以歸盡)하니
　　낙부천명부해의(樂夫天命復奚疑)아.

　　날씨가 좋은 날에는 홀로 산책을 즐기고,
　　혹은 지팡이를 놓고 김매기를 한다.
　　동쪽 언덕에 올라 노래를 부르고,
　　맑은 시냇가에서 시를 짓는다.
　　자연의 변화에 따라 내 인생도 끝나리니,
　　그 천명을 즐기면 그만이지 또 무엇을 의심할 것인가.

　내가 글을 쓰는 이유는 두 가지이다. 첫째는 '시흥이 돋는 심경이면 늙지 않는다[詩心不老]'라는 말도 있듯이 내가 곱게 늙기 위함이고, 둘째는 외교관을 하는 동안에 주운 인생의 낙수(落穗)들을 글로 써서 남기기 위함이다. 그 사례들을 소개하면 이렇다.

내가 외무부에 취직한 뒤에 제일 먼저 방문한 나라는 인도요, 때는 1965년 4월이었다. 나는 뉴델리에 있는 잔파스 호텔에서 개최된 콜롬보 플랜 회원국 간의 기술 협력에 관한 세미나에 참석한 뒤에, 야무나 강가로 마하트마 간디를 추모하는 성소(聖所)인 라즈 가트(Raj Ghat)를 찾아갔다.

넓고 푸른 잔디밭 가운데에 흑색 대리석으로 만든 재단(齋壇)이 보였다. 재단에 호기심이 끌려 그리 다가갔다. 재단에 '오, 신이여'라는 뜻의 마하트마 간디의 마지막 말이 새겨져 있고, 그 위에는 참배객들의 꽃다발이 놓여 있었다. 명문을 향하여 묵념을 올렸다. 그랬더니 어디선가 '오, 신이여'라는 뜻의 '헤이 람'이라는 목소리가 들려 오는 것 같았다. 터번을 쓴 안내인은 재단 자리가 화장한 자리라고 알려 주었다. 그 영혼의 목소리는 오랜 세월이 지난 지금도 잊혀지지 않는다.

나는 1976년 5월에 케냐 나이로비에 있는 국제회의센터에서 개최된 제4차 유엔무역개발회의에 참석하고 나서, 동물 보호 구역인 암보셀리 국립공원을 돌아보게 되었다. 그때 본 어니스트 헤밍웨이가 「킬리만자로의 눈(The Snows of Kilimanjaro)」을 집필했던 코티지 모양의 오두막과, 킬리만자로의 산기슭을 향하여 코끼리 떼가 지나가던 광경은, 나의 기억에 아련히 남아 그의 작품에 깊은 애착을 갖게 하였다.

주인공 해리는 아프리카에서 수렵 중에 가시가 오른쪽 다리에 박힌 것이 악화되어 죽음의 고통과 싸운다. 죽음 직전에 비행기를 타고 어디론가 날아가는 환각에 빠진다. 그 앞에 아프리카에서 가장 높은, 눈에 뒤덮여 흰색으로 빛나는 킬리만자로의 산꼭대기가 나타난다. 그 순간 자기가 그곳으로 향하고 있다는 것을 안다. 그 산의 서쪽 꼭대기는 마사이 족의 말로 '누가예 누가이' 즉 '신의 집'으로 불리고 있다.

1992년 2월에 일본 센다이(仙臺) 주재 총영사직을 마치고 귀국할 때에, 나는 미야기 현(宮城懸) 와카야나기 정(若柳町)에 있는 다이린 사(大林寺)의 사이토 다이켄(齋藤泰彦) 주지 스님에게 청하여, 나라를 위하여 몸을 바치는 것은 군인의 본분이라는 뜻의 '爲國獻身軍人本分'이라는 붓글씨의 복사본을 얻어 가지고 왔다. 그는 『내 마음의 안중근(我が心の安重根)』이라는 책을 지은 지한(知韓) 인사이다.

그 붓글씨로 말하면, 안중근 의사가 여순(旅順) 감옥에서 사형당하기 직전에 간수임에도 의사의 사상과 인격에 감복했던 일본인 헌병 지바 도시치(千葉十七)에게 써 준 유묵이다. 지바는 센다이로 돌아와 유묵을 집에 모셔 놓고 날마다 향배(向拜)를 올리며 철도국에 다녔다.

그가 죽은 뒤에는 조카딸 미우라(三浦) 구니코가, 유묵을 소중히 간직해 오다가 서울 남산(南山)에 있는 안중근의사기념관에 기증

하였다. 나는 사이토 스님한테서 얻은 붓글씨 복사본을 표구하여 서재에 걸었다. 복사본이지만 생동감이 있다.

옛글에 '위락당급시(爲樂當及時)'라는 문자가 있다. 인생을 즐기는 것은 할 수 있을 때에 해야 한다는 뜻이다. 늦깎이로 글짓기 삼매(三昧)에 빠져 글을 쓰며 사노라면, 한중진미(閒中眞味)를 맛본다.

[1997. 8 〈白眉文學〉 3집]

까치 소리

나는 울안 감나무에서 까치가 우는 소리에 잠이 깨었다. 조반을 먹고 대문을 나와 병원으로 향하였다.

유년 시절 텃밭에 열린 감을 딸 때면 할머니는 까치밥이라 하여 감을 몇 개씩 남겨 두곤 하였다. 까치가 울면 고모가 온다고 하시며 까치 소리를 기다렸다.

나는 지금 7개월째 항암제 치료를 받고 있다. 내가 1년을 두고 치료를 받아야 하는 것을 보면, 수술 당시 병기(病期)가 3기였다고 하는 말이 과장(誇張)은 아닌 것 같다.

그래 그런지 한 달에 닷새 동안 날마다 서울대학병원 외래주사실에 가서, 교수의 처방에 따라 정맥주사로 항암제를 맞는다. 그러면 입맛도 떨어지고 속도 느글거리고 변비도 생긴다.

항암제의 부작용은 주사를 맞은 후에도 열흘이나 지속되었다. 그래서 한 달에 보름 동안은 콩죽으로 끼니를 때웠다. 그것도 아내의 성화를 이기지 못해서 억지로 먹었다.

그런 나날을 보내는 터에 까치 소리를 듣는 것은 즐거움이 아닐 수가 없다. 까치 소리를 듣노라면 어쩐지 병이 낫고 있다는 느낌이 들어서 마음이 놓이곤 한다.

내가 대장암에 걸린 것을 처음 알게 된 것은 지난 2월 초순이었다. 어느 날 밤에 정비석(鄭飛石)의 『小說 김삿갓』을 읽느라고 새벽녘에 잠이 들었는데, 꿈결에 배가 몹시 아파 왔다. 맹장염에 걸린 줄로 알았다.

마침 그때 어디선가 까치 소리가 들려 오고 있었다. 까치는 반가운 소식을 전해 준다고 하는데, 그 소리는 아픔만 더해 주는 것 같았다.

아침에 조반도 못 먹고 아내의 부축을 받으며 인근 의원을 찾았다. 의사는 검사를 해보더니, 오른쪽 대장에 혹이 생긴 것 같다고 말했다. 혹 때문에 대변이 이동하지 못하고 굳어 있다는 것이었다.

그 다음 날 오후에 아내와 함께 콜택시를 불러 타고 서울대학병원으로 달렸다. 차창 밖에는 눈발이 날리고 있었다. 무엇인가를 골똘히 생각하며 홀로 걷는 기분이었다. 하염없이 눈을 맞으며.

의사인 처조카의 주선으로 서울대학병원 11층 병실에 입원을 하게 되었다. 특진(特診)을 신청하여 담당 교수도 정하였다. 간호사가 미소를 지으며 환자복을 주었다.

내 병실에 저녁 식사가 들어왔다. 식반 위에는 죽, 감자국, 물김치 그리고 갈은 쇠고기가 놓여 있었다. 맛이 싱거웠으나 하나도 남기지 않고 죄다 먹었다.

어느새 아침이 밝아 왔다. 창밖으로 까치가 날아가는 것이 보였다. 동네 까치가 온 것 같아서 기뻤다. 아내가 내『영문편지 쓰는 법』의 증보판용 교정지를 가져왔다. 침대에 앉아서 간신히 교정을 보았다. 이번이 세 번째 교정이었다.

이윽고 교수가 와서 증상을 자세히 물어 보았다. 맹장 부위가 아팠다고 하였다. 배가 그토록 아파 보기는 내 평생에 처음이었다.

이튿날 저녁에 간호사가 자정부터 금식하라고 하였다. 새벽녘에 코리트산이라는 물약을 주었다. 물약을 마신 후에 밤새도록 화장실에 들락거렸다. 내장이 깨끗이 씻기는 듯하였다.

아침에 식사 대신 정맥 주사로 포도당을 맞았다. 이틀에 걸쳐 정밀 검사를 받았다. 암이라고 하였다. 암도 생긴 지가 오래 되었다는 것이었다.

나는 외교에 관한 글도 쓰며, 공무원 연수원에 나가 강의도 하며 또 친구와 여행도 하며 노년을 보내고 있었다. 그렇게 즐거운 생활을 하고 있던 내가, 몹쓸 병에 걸리다니 어이가 없었다. 아내도 하필 자신에게 이런 일이 생겼다고 하면서 망연자실하였다.

수술을 받기 위해 51병동 병실로 옮겼다. 전에 있던 환자는 위암이라고 하였다. 의사가 배를 열어 보고, 암세포가 온몸으로 퍼져 있어서 그대로 덮고 말았다는 말을 들으니 겁이 더럭 났다.

다음 날 오후 교수가 왔다. 수술을 받을 날짜와 시간을 일러 주었다. 수술이라는 말을 들으니 아무래도 불안하였다. 창밖을 내다보니 까치가 보이지 않았다.

수술 후에 혹시 몇 달밖에 살지 못하겠다는 말을 듣게 된다면, 족보와 저서와 앨범을 가지고 가족사(家族史)를 써 놓고 눈을 감아야겠다고 생각하였다. 또한 화장(火葬)을 유언하기로 마음먹었다.

수술 날 아침이 되었다. 아내는 나를 이동침대에 뉘고 2층 수술실로 밀고 갔다. 허공을 바라보니, 어렸을 적에 어른들이 돌아가신 할아버지를 상여에 뉘고 장지(葬地)로 모시던 장면이 눈앞에 아련히 떠올랐다. 상두꾼들의 상엿소리도 들리는 것 같았다.

수술실에 들어오니 두 눈이 껌벅거리고 가슴도 두근거렸다. 가위로 헝겊을 자르는 듯한 소리가 귓전에 맴돌았다. 대장을 잘라내는 소리였으리라. 전신 마취는 언제 했는지 아프지 않았다. 이윽고 교수가 "다 됐어요!" 하는 소리가 정겹게 들려 왔다.

그 후에는 혼수에 빠졌다. 깨어나 보니 병실 침대에 뉘여 있었다. 주위에 아내, 아들 그리고 친척들이 둘러서 있었다. 복부는 복대로 둘려 있었다.

다음 날 오후에는 보행기를 붙잡고 복도를 걸었다. 복도에 드는 햇볕을 쬐니, 기운이 솟는 듯하였다. 볕의 고마움을 새삼스럽게 느꼈다.

밤이면 창밖으로 보이는 거리의 불빛이 아름다워 보였다. 저 멀리 서울타워의 야경이 황홀해 보였다. 내가 병약해서 그렇게 보였을까.

병동 주변의 나목도 점점 녹색을 띠었다. 어느 날 창밖을 내다

보니 높은 나뭇가지에 까치 한 쌍이 앉아서 꽁지깃을 흔들고 있었다. 창문이 닫혀 있어서 까치 소리는 들을 수가 없었으나, 그 모습을 바라보니 통증이 가시는 것만 같았다.

이튿날 아침, 의사가 와서 퇴원을 하라고 하였다. 그 말을 들으니, 나의 암 치료를 담당하던 교수와 간호사들의 얼굴이 눈앞에 아른거렸다. 병실을 떠나려니 섭섭한 생각이 들었다.

아내, 아들과 함께 병원을 나서니, 우리들의 머리 위로 까치가 울며 날아갔다.

[1998. 12 〈한국수필〉 95호]

2. 티끌 모아 태산

저자와 심수관 도예가(일본 야마가타)

무궁화 전시회를 찾아서

광복 50주년 기념 무궁화 전시회를 보려고 아내와 함께 덕수궁 (德壽宮)을 찾았다. 가슴 설레며 대한문(大漢門) 안으로 들어가니, 오른쪽 통로변에 백단심계 무궁화(白丹心系無窮花)가 피었다.

화분에 심긴 무궁화의 행렬은 관람객들의 눈길을 끌며, 중화문 (中和門) 앞을 지나 석조전(石造殿) 입구까지 이어져 있다. 우리도 무궁화를 완상하며 거닐으니 감회가 새로웠다.

날씨가 무척 더운 어느 날, 그날도 나는 학교를 마치고 집으로 가다가 행길 가에 있는 한약방의 툇마루에 걸터앉아 쉬고 있었다. 풀이 무성한 마당 귀퉁이에는 꽃잎이 눈처럼 희고 꽃술이 기다란 꽃이 피어 있었다.

큰 키에 갓을 쓴 노인이 옆에 와 앉았다.

그늘 밖은 불볕이어서 그냥 앉아 쉬었다.

조금 있으니, 낯익은 아저씨가 헐떡이며 왔다. 노인을 보자,

"영감은 멋없이 키도 크시오."

하고 말을 건넸다.

그 버릇없는 말투에 노인은 점잖은 어조로,

"자네는 작아도 너무 작네."

그 말에 아저씨는 목청을 돋우어,

"키가 작다고 놀리는 거여?"

그 소리에 노인은,

"자네가 농을 하기에 대꾸하였네."

하며 벌떡 일어서, 행길로 나가 장승배기 쪽으로 걸어갔다.

아저씨는 가쁜 숨을 쉬며 노인의 뒤를 쫓다가 되돌아왔다. 제풀에 화가 나서 꽃을 향하여 침을 탁 뱉고는 읍내 쪽으로 사라졌다.

논길을 뛰어 집에 왔다. 사랑방에 들어가 할아버지에게 조금 전에 한약방에서 있었던 일을 일렀다.

그러자 할아버지는 장죽으로 재떨이를 두드리시며,

"그 꽃은 꽃잎이 하얀 무궁화지. 여러 품종 중에서도 대표적인 꽃이지. 무궁화는 우리 겨레가 제일 좋아하는 꽃이다. 조개모락화(朝開暮落花)라 하여 해가 뜰 때 피었다가 해가 질 때 지는 신비스러운 꽃이다. 시골서는 무궁화를 민간약으로 사용한다. 적리(赤痢) 때는 꽃을 볕에 말려서 가루로 만들어 한두 숟갈씩 공복에 끓인 물로 먹으면 낫는다. 그 소인(小人)은 일본인의 농장에서 일하면서 마을 일을 주재소에 밀고하는 자니라. 노인의 상투도 마음에

안 들고 겨레의 꽃인 무궁화도 못마땅하던 모양이구나."
하고 말씀하셨다.

　다음 날 아침 나는 일찍 등굣길에 올랐다. 한약방 앞을 지나가
다 보니, 어제 만난 아저씨가 톱으로 무궁화나무를 베고 있었다.
허리에 칼을 찬 순사가 옆에서 지켜보며 꽃에 진딧물이 끼었다고
하였다.

　그 소리를 듣자, 그들의 엉큼한 속셈을 알아챘으나 어찌해야
좋을지를 몰랐다. 순사가 무궁화나무 가지를 분질러 풀밭에 버리
는 꼴을 보니 마음이 아팠다.

　'타향에서 군청 직원으로 근무하는 아버지도 무궁화나무를 베
러 다니실는지. 아랫집에 사는 복자 누나는 아버지가 순사에게
끌려 남양군도로 징용을 갔다는데, 오죽 보고 싶으며 순사가 얼마
나 미울까?'
하는 생각이 자꾸 났다.

　그러는 동안에 이태가 가고 광복의 날이 왔다. 학교에서 무궁화
꽃이 국화라는 것도 배우게 되었다. 빨간 단심은 지조를 상징한다
는 것도 알게 되었다.

　이듬해 봄에는 아버지가 읍내에 있는 산림조합에서 무궁화나무
묘목을 얻어 왔다. 동생들과 함께 텃밭과 마을 어귀에 묘목을 심
었더니 새싹이 파릇파릇 돋아났다.

　내가 중학교에 진학하던 해 가을에, 복자 누나는 꽃가마를 타고
나의 상급생인 신랑을 따라 우리 집 앞을 지나서 마을 어귀로 넘

어갔다. 그 무렵 흰 꽃잎 속에 단심이 들어 있는 꽃들이 핀 것을 보고, 그들의 앞날도 무궁화꽃처럼 피기를 빌었다.

수십 년이 지난 뒤에 이런 일도 있었다.

서울 노량진에 있는 우리 집 뜰에 개나리꽃이 한창이던 어느 봄날이었다. 아내와 어린 아들을 동반하고 김포공항을 떠나 미국 마이애미 주재 영사로 부임하게 되었다. 시내에 있는 윈스턴 파크 라는 마을에 마침 무궁화나무가 있는 집을 얻었다.

마을에서는 무궁화를 '샤론의 장미(Rose of Sharon)'라고 불렀으며, 그 꽃들이 이른 봄부터 세밑까지 날마다 아침에 피었다가 저녁에 지곤 하였다. 백의민족(白衣民族)의 넋을 닮아서 그런지, 꽃잎이 하얗고 화심(花心)에 단심이 들어가 있는 것을 아내는 신기하게 여겼다.

이듬해 7월 어느 일요일에는 아내, 아들과 함께 하이비스커스 전시회(Hibiscus Show)를 보려고 페어차일드 트로피컬 가든을 찾아갔다. 전시장에는 무궁화꽃도 진열되어 있었다.

우리들은 긴 탁자 위에 줄줄이 세워 놓은, 꽃잎이 크고 울긋불긋한 하이비스커스를 관상하는 한편, 관람객들에게 꽃이 희고 청초해 보이는 샤론의 장미가 한국의 국화라고 하였다.

그날 저녁, 아내는 식탁에 저녁을 차리며 이렇게 속삭였다.

"여보! 내년 봄에 노우드 켄달 드라이브 근처에 있는 새집으로 이사를 가면, 셋집일망정 정원에는 무궁화나무를 심고 당신이 서울을 떠나 올 때 가져온 흙을 뿌려 주면 좋겠어요."

그 해 가을에는 고향의 무궁화에 대한 글을 써서 교민 잡지인 〈한인소식〉에 기고하였다. 무궁화와 하이비스커스는 속(屬)이 같은지라 꽃 모양이 비슷해 보이지만 종(種)이 다른 꽃나무임을 알렸다. 내 글은 독자들에게 공감을 불러 일으켰다.

이제는 고향의 한약방도 우리가 대를 이어 살던 초가도 기와집에 밀려 사라져 버렸다. 마을도 시내로 편입되었다.

나도 퇴임을 한 지가 오래고, 올해도 아내와 더불어 노량진에 있는 아담한 주택에서 정원에 핀 무궁화를 관상하며 몸 성히 여름을 나고 있다.

덕수궁 뜰을 거닐다 보니 어느덧 저녁나절이 되었다. 무궁화와 헤어지는 것을 섭섭히 여기며, 나라의 융성이 천양무궁(天壤無窮)하기를 빌며 덕수궁을 나왔다.

[1998. 12 〈한국수필〉 95호]

소문만복래

내가 읽은 한국 유머에 관한 책에는 웃는 집에 복이 온다는 뜻의 소문만복래(笑門萬福來)라는 성어가 많다. 마음도 웃고[心笑] 온몸도 웃는[身笑] 웃음이라면 복을 받을 만하겠다.

소(笑)라는 글자는 '웃음 소' 자다. 대 죽(竹)에 굽을 요(夭)를 더한 글자, 다시 말해서 몸을 꼬며 웃는 사람의 모양을 바람에 흔들리는 대나무에 비유한 데서 유래된 형성 문자(形成文字)이다.

웃음에도 여러 가지가 있다. 폭소(爆笑), 파안대소(破顔大笑), 중국 그림인 호계지소도(虎溪之笑圖)에 나오는 삼현자(三賢者)의 홍소(哄笑), 레오나르도 다 빈치가 그린 「모나리자」의 신비의 미소(微笑), 경주에 있는 석굴암 본존불 좌상(石窟庵 本尊佛坐像)의 자애(慈愛)의 미소가 그것이다.

아름답게 웃는 표정의 요점은 입매에 있다고 하겠다. 웃음을 터뜨린 삼현자의 입가는 활짝 올라가 있다. 미소를 머금은 표정을 지은 「모나리자」의 입가는 살짝 올라가 있다. 미소를 간직한 표정을 지은 석굴암 본존불 좌상은 입술을 예서(隸書)의 일(一) 자 모양으로 다물고 있다.

유머는 우리말로 해학(諧謔)이다. 쓰기에 어색한 경우도 있으나 다른 마땅한 말이 없다. 수필가 윤오영(尹五榮)은 「한국적 유머와 멋」이라는 글에서 "유머는 인생의 고명이 아니고 양념이다."라고 말하고 있다.

복(福)이란 속세적인 복을 뜻하는 것이 보통이다. 내가 누리고 싶은 복은 『서경(書經)』에 나오는 오복(五福), 즉 수(壽) 부(富) 강녕(康寧) 유호덕(攸好德) 고종명(考終命)이다.

『서경』은 요순(堯舜) 때부터 주(周)나라 때까지의 정사(政事)를 기록한 것이다. 하(夏) 왕조의 시조인 우왕(禹王)이 홍범 구주(洪範九疇)를 정할 때에, 오복은 소문(笑門)을 보태어 육복이라 했더라면, 소맹(笑盲)이 없는 세상이 되었을지도 모른다.

옛말에 '일소 일소 일노 일로(一笑一少 一怒一老)'라는 말이 있다. 웃고 지내라는 뜻이다. 내가 웃고 지냈던 생활의 편린(片鱗)들을 털어놓으면 이렇다.

큰아들이 동네에 있는 영본초등학교 3학년에 다니던 때의 일이었다. 어느 가을날, 큰아들과 함께 영등포 근교에 있는 들에서 벼베기를 구경한 적이 있었다. 마을에서 얼룩소와 돼지도 구경하였다.

부자(父子)가 일요일을 뜻있게 보냈다고 흐뭇해하며 집에 돌아

왔다. 큰아들이 아내에게 불쑥 말하기를,

"흰 돼지 엉덩이가 엄마 엉덩이만 해요."

돼지가 퍽 크다는 소리였다.

아내가 큰소리로,

"이놈아, 에미한테 무슨 버릇없는 말이냐?"

나는 큰아들과 아내의 말에 폭소를 터뜨렸다.

작은아들이 미국 매디슨에 있는 위스콘신 대학 2학년에 재학 중이던 때였다. 여름 방학을 집에서 보내던 어느 날, 내가 영어 실력을 시험해 보기 위해 이렇게 말하였다.

"제인은 방년 16세입니다를 영어로 말해 보거라."

"그걸 영어로 어떻게 말해요."

내가 목청을 돋우어,

"Jane is only sixteen years old and palpably nubile."
했더니, 고개를 끄덕이며 웃었다.

미국 시애틀에서 주립병원 약사로 있는 딸이 크리스마스 휴가 때에 집에 다니러 왔다. 코도 오똑하고 살빛도 흰 것이 예쁘고 귀여워 보였다.

그래서 내가,

"코를 높였구나?"
하고 물었더니,

"높이고 말고요. 아빠가 어떻게 내 코를 이쁘게 만들어?"
하고 속삭였다.

그 말을 듣고 딸의 코를 유심히 보았더니, 높은 것이 아니라 아내의 코를 닮았기에 실소(失笑)를 금치 못하였다.

1982년에 도쿄(東京)에 주재하는 외교 사절은 110명이 넘었다. 외교 사절 간에 친선 활동도 잦았다.

이듬해 정월에 외교단(外交團)이 데이고쿠(帝國) 호텔에서 주최하는 신년회(新年會)에 참석하였다.

미국 공사(公使)가 가로되,

"어떤 나이 먹은 미혼 여성이 잠을 잘 수가 없었다고 하면서 마이애미비치 호텔을 상대로 소송을 낸 적이 있습니다. 왜냐하면 호텔은 하필 그녀에게 신혼 부부가 옆방에 묵고 있는 방을 줬거든요."

그 말에 한국 참사관(參事官)인 나는 크게 웃고 나서,

"옛날부터 우리 나라에는 첫날밤에 가인(佳人)이 치마 벗는 소리처럼 듣기 좋은 소리는 없다[令人喜聽莫若洞房良宵 佳人解裙聲也]는 말이 전해 옵니다."
라고 화답하였다.

미국 공사가 나에게 들려준 해학은 미국 유머에 관한 책에 씌어 있었다.

아내는 요리에 취미를 가졌으며 특히 김치를 잘 담갔다.

취미가 그렇다 보니, 1994년 가을에 한국방송공사(KBS)가 여의도 부근 한강 둔치에서 개최한 전국요리경연대회에서 상을 타기도 하였다. 외국인들을 집에 초대해서 한국 요리도 소개하였다.

어느 여름날 저녁에 아내가 냉장고에서 김치를 꺼내면서 하는 말이,

"건방지게 시었어!"

신 김치를 먹게 하기가 미안하다는 소리였다.

나는 아내와 식탁을 마주하고 앉을 때면 그 말이 머리에 떠올라 빙그레 미소를 지었다.

봄가을로 서울과 지방 공무원 연수원에서 '영문 편지 쓰는 법'을 강의할 때면, 공직에 있을 때에 체득한 덕담도 들려 주었다.

올봄에는 인천시의 어떤 공무원이,

"교수님이 제일 좋아하는 덕담은 어떤 겁니까?"

하고 묻기에,

"지레 기뻐하지 마라는 겁니다."

하고 대답하였다.

내 소원은 삶에 마침표를 찍을 때에 껄껄 웃어 보는 것이다.

[1999. 6 〈한국수필〉 98호]

나에시로가와(苗代川)의 400년

나에시로가와(苗代川)는 가고시마 현(鹿兒島縣) 히오키 군(日置郡) 히가시이치키 정(東市來町) 미야마(美山)의 옛 호칭이다. 나는 미야마보다 옛 호칭이 좋다.

이 마을에는 200여 호의 인가가 옹기종기 모여 산다. 마을 가운데를 지나가는 국도 변에는 사쓰마야키(薩摩燒)라는 도자기를 굽는 가마가 열네 채 있다. 그 고장에서 사쓰마야키를 처음으로 개요(開窯)한 사람들은 조선(朝鮮) 도공들이었다.

그 도공 중의 한 사람인 심당길(沈當吉)의 14세손이요 사쓰마야키 종가(宗家) 수관도원(壽官陶苑) 주인인 심수관(沈壽官) 도예가가, 11월 4일 오후에 서울 태평로에 있는 한국프레스센터 국제회의장에서 「나에시로가와(苗代川)의 400년」이라는 주제로 강연회를 가졌다.

심당길은 본관이 경상북도 청송(靑松)이며 시조인 심홍부(沈洪

孚)의 15세손이다. 심당길은 정유재란(丁酉再亂) 때인 1598년에 전라도 남원성(南原城)에서 제17대 사쓰마 번주(藩主)였던 시마즈 요시히로(島津義弘)에게 끌려가 초대 일본 심가(日本沈家)가 되었다.

심당길은 이국땅에서 살아남기 위해 도자기를 굽지 않으면 아니 되었다. 오랜 시도와 실패를 거듭한 끝에, 박평의(朴平意)와 더불어 백토(白土)를 발견하여 오늘날의 사쓰마야키를 창제(創製)하게 되었다.

심수관 도예가는 1926년에 나에시로가와에서 제13대 심수관(第13代 沈壽官)의 독자로 태어났다. 공부는 어느 대학에서 해도 좋다는 부친의 가르침에 따라 와세다(早稻田) 대학 경제학부를 졸업하였다. 부친이 1964년에 별세하자 제14대 심수관을 계승하게 되었다. 그리고 10여 년 전부터는 일본의 도자기 애호가들을 이끌고 방한하여 한국 문화를 소개해 왔다. 정부는 그 공로로 1989년 5월에 그를 명예 총영사로 임명하였다.

턱수염을 수북하게 기르고 국제회의장에 모습을 나타낸 심수관 도예가는, 통역을 옆에 앉히고 일본어로 장내에 가득 찬 청중을 향하여, "일곱 살이 되던 해 2월 어느 날, 소학교 입학식을 마치고 귀가하자 아버님이 '공방으로 오라'고 하셨습니다." 하고 말문을 열었다. "아버님은 흙덩이를 뭉쳐서 물레 위에 놓고 바늘을 조심스레 그 중심에 꽂았습니다. 물레를 발로 돌리면서 '어떠냐'고 물었습니다. '물레는 도는데 바늘은 돌지 않아요' 하고 대답했더니, '네가 앞으로 살아가는 길은 이 도는 물레 속의 돌지 않는

심(芯)을 찾는 것이다'라고 말했습니다."

심수관 도예가는 원고를 넘기며 이야기를 이었다. "정유재란 때에 규슈(九州)로 끌려 온 조선 도공들이 400년 동안 자존심을 잃지 않고 살아온 것은, 바로 '도는 물레 속의 돌지 않는 심을 찾으라'는 도공 철학 때문입니다. 어려서는 아버님 말씀이 단순히 기술을 연마하라는 뜻인 줄로 알았지만, 철이 들면서 그 말씀이 조선 도공들의 아이덴티티를 지키기 위한 가르침이었음을 알게 됐습니다."

올해 일흔 살인 심수관 도예가는 조상들의 한(恨)이 서렸을 작품들도 소개하면서, "임진왜란(壬辰倭亂)이 도자기 전쟁으로 불릴 만큼 일본으로 끌려온 조선 도공 1세들의 도공 기술이 일본인 생활에 끼친 영향은 혁명적인 것이었습니다." 하고 회고하였다.

심수관 도예가는 특히 "조선 도공 2, 3세들은 옥산궁(玉山宮)이라는 사당(祠堂)을 짓고 단군(檀君)을 모셨습니다. 전쟁의 패자가 승자의 나라에서 사당을 짓고 자신들의 조상신을 모신 것은 유례가 없는 일입니다." 하고 소개하여 감동을 주었다.

그는 "내후년은 우리 조상들이 일본에 끌려온 지 400주년이 되는 해입니다. 이를 기념하기 위해 다양한 축제를 준비하고 있으니 고국에서도 많은 관심을 가져 주기 바랍니다." 하고 강연을 끝냈다.

나는 심수관 가(沈壽官家)가 도공 철학이라는 민족혼을 400년간 지켜 왔다는 말을 듣고 가슴이 뭉클하였다. 구면인 심수관 도예가에게 맨 먼저 다가가 그의 손을 덥석 잡았다. 참으로 오랜만에 서울에서 만나니 반갑기 이를 데 없었다. 가고시마(鹿兒島)와 야마가타(山形)에서 열렸던 심수관 도예전에서 만난 적이 있었다. 나에시로가와에서 다시 만나기로 하고 국제회의장을 나왔다.

일본의 문호 시바 료타로(司馬遼太郎)가 심수관 도예가를 소재로 하여 쓴『고향을 잊을 수 없소이다(故鄕忘じがたく候)』라는 소설에 보면, 다음과 같은 이야기가 나온다.

18세기 말엽에 교토(京都)에 다치바나 난케이(橘南谿)라는 명의(名醫)가 있었다. 그는 규슈를 여행하고 나서『서유기(西遊記)』라는 여행기를 썼다.

그 기록에 의하면 나에시로가와에 처음 끌려온 조선인들의 성씨(姓氏)는 신(伸), 이(李), 박(朴), 변(卞), 임(林), 정(鄭), 차(車), 강(姜), 진(陳), 최(崔), 노(盧), 심(沈), 김(金), 백(白), 정(丁), 하(何), 주(朱)였다. 신(伸) 씨는 성이 신(申)인데 '사루(원숭이)'라고 불러대어 성을 갈게 되었다.

다치바나 난케이가 신(伸)이라는 노인에게 물었다.

"일본에 온 지 몇 대째입니까?"

"5대째입니다. 선조가 도래한 지 200년이 됩니다."

"그렇다면 조선에 대한 것은 이미……."

"고향을 잊을 수 없소이다. 귀국을 허락한다면 돌아갈 마음이 있소이다."

신 노인이 말하는 고향이란 전라도 남원성을 뜻하였다.

나는 그 대목을 읽으며 옥산궁 초입에 있는 '渡來陶工 李氏元祖之墓' 니 '李仁上夫婦之墓 寬年九年壬申正月'이니 '薩摩燒創造 朴平意'니 하는 묘비를 연상하였다.

음력 8월 보름에 옥산궁에 제를 지낼 때면, 자손들이 도혼(陶魂)을 위로하는 듯 「오노리소(오늘이소서)」라는 신축가(神祝歌)를 부르는데, 그 뜻은 이렇다.

나는 언제 가리 언제나 가리
내 고향 찾아서 언제나 가리

나에시로가와의 400년이여! 나에시로가와의 조선 도공들이여! 나는 조선조 도공들의 피와 도예를 이어받아 나에시로가와에 사쓰마야키를 꽃피운 조선 도공들의 위대함에 새삼스레 옷깃을 여민다.

[2000. 1 〈외교〉 52호]

티끌 모아 태산

경애하는 일지사(一志社)의 김성재(金聖哉) 사장에게서 『英語書翰文作成法』을 7판을 냈다는 전화를 받으니 반가웠다. 저서가 후학들에게 읽히고 있다고 생각하니, 마음이 흐뭇하기 그지없다.

서한 하면 어렸을 적에 읽은 글이 머리에 떠오른다.

牋牒簡要
顧答審詳

서한을 쓸 때는 간략함을 요하고,
회답도 자세히 살펴서 써야 한다.

『천자문(千字文)』에 나오는 말이다. 『천자문』이란 그 옛날 중국 양(梁)나라의 주흥사(周興嗣)라는 사람이 한자 천 자를 모아 지은

만고의 명저다. 알기 쉽게 네 글자씩 구(句)로 엮어 천지 만물의
원리를 해설해 놓았다.

서한에 대한 시(詩)로는 명(明)나라 문인 원개(袁凱)가 지은 시를
애송한다. 그 작품의 내용은 이렇다.

京師得家書

江水三千里
家書十五行
行行無別語
只道早還鄉

서울에서 편지를 받다

고향은
양자강을 따라
삼천리나 되는 곳에 있네.

고향에서 온
편지를 보니
겨우 십오 행이네.

행마다

별다른 말이

없네.

고향으로

빨리

돌아오라고만 하네.

　명시 중의 명시다. 간결한 오언 절구(五言絶句)가 깊은 여정(餘情)을 자아낸다. 도(道) 자는 '말할 도' 자다.

　내가『英語書翰文作成法』을 처음 낸 것은 옛 외무부(外務部)에 재직 중이던 1979년 3월의 일이었다. 외교관을 하면서 습득(習得)한 지식을 사회에 남기고 싶었기 때문이었다.

　저서의 내용은 총론(總論), 작성 요령(作成要領), 예문(例文)의 장(章)으로 나누어 자상하게 설명하였다. 작성 요령의 장에서는 사교와 무역 통신 같은 일상 영문 서한 이외에 외교 문서(外交文書)에 대해서도 언급하였다. 저서에 실은 예문은 모두 350여 개인데, 아내와 더불어 여가 선용으로 모았다.

　서점에는 이 책이 나오기 이전에도 영문 서한에 관한 책이 7종 정도가 있었다. 지금은 내가 쓴 것을 비롯하여『펜팔 가이드』며『새로운 英文편지』며 영문 서한에 관한 책이 150종이 넘는다.

　이번에『英語書翰文作成法』이 7판이 나온 것은 영문 서한을 모으기 시작한 지 30여 년 만이요, 초판이 나온 지 18년 만의 일이다. 속담에 이르기를 '티끌 모아 태산[塵合泰山]'이라고 하였다. 영문 서한이 쌓여서 판(版)을 거듭하는 책이 된 것이다.

예문의 장에는 다음과 같은 예문 5개를 추가하였다.

출가한 딸이 부모에게 보내는 문안 편지는 시애틀에 살고 있는 딸이 쓴 것이다. 마이애미에 본부를 두고 있는 아메리칸 하이비스커스 협회에 가입했을 때에 사무국장인 수 슐로쓰(Sue J. Schloss) 여사에게서 받은 환영의 편지는 서재에서 찾은 것이다. 플로리다 대학의 명예 교수이며 한국 지리의 권위자인 샤논 맥큔(Shannon McCune) 박사가 삼일절을 기념하기 위해 교민들에게 돌린 초대장은 그분에게서 받은 것이다. 조선 주재 미국 공사 루시우스 푸트(Lucius H. Foote)가 독판교섭 통상사무(督辦交涉通商事務) 김병시(金炳始)에게 보낸 서북 지방 여행 허가 신청서와 허가장은 규장각(奎章閣)에서 구한 것이다.

사람은 책과 더불어 살아간다. 우리가 선인(先人)들의 삶의 모습을 고서(古書)에서 찾아보듯이, 먼 훗날 후인(後人)들이 우리들의 삶의 모습을 찾아보도록 책을 써서 남기는 것은 후인들에 대한 배려요 미(美)의 창조가 아니겠는가.

예로부터 인생은 짧고 예술은 길다고 말해 왔다. 영문 서한을 모아『英語書翰文作成法』의 증보판을 내는 것이 나이를 먹어 갈수록 소중히 여겨진다.

[2000. 2 〈한국수필〉 102호]

은행나무

창문이 훤하게 밝아 왔다. 나는 5시 반에 일어나고 아내는 6시
쯤에 일어났다. 우리가 제일 먼저 하는 일은 집안 청소이다. 청소
가 끝나자, 아내는 아침 식탁을 준비하고 나는 옥상에 올라가 체
조를 하였다.

"어제 오후에 동네 골목에 들어서니까, 앞집 안마당의 은행나
무 단풍이 눈에 확 띄데요. 길에 깔린 샛노란 은행잎을 밟으며
걸어 올라왔네. 노란 단풍이 이처럼 아름다워 보이기는 처음이
네." 아내가 빵에 잼을 바르며 말하였다. 은행잎 단풍을 처음 보는
것처럼.

"건넛집 은행나무 잎들이 며칠 전까지도 파랬는데 어느새 노래
졌어. 은행잎 단풍이 곱게 들었어. 은행나무가 늙어 갈수록 단풍
이 우아해 보이네." 내가 화답하였다. 단풍이 기품이 있어 보이는
것은 은행나무의 나이테가 많기 때문이다.

"은행나무 단풍 사진을 찍어 놓아요." 아내가 외출복을 입으며 말하였다. 예순다섯 살이 넘었는데도 동네 노량진역에서 열차를 타고 제기동에서 내려 인근 약령시에 있는 한약국에 나간다. 아내가 보약을 달여 먹인 덕분에 나는 건강히 지낸다.

올가을에는 11월 하순이 되니, 건넛집 은행나무 잎들이 노랗게 단풍이 들었다. 작년보다 단풍 드는 것이 늦었다. 나무는 수령이 70년쯤 되고, 키가 6층 건물 높이만 하고, 가지가 담장을 넘어 길 위까지 뻗어 있으며, 이웃들의 사랑을 받는 풍치목이다.

아내가 출근한 뒤에 현관 밖으로 나왔다. 앞마당에는 은행잎이 날아들었다. 노랑 은행잎을 줍고 있으니까 손이 노랗게 물드는 것 같았다. 대문을 나서니 길에 은행잎들이 많이 떨어졌다. 건넛집 담장에 다가가 은행나무 사진을 찍었다. 잎들이 모두 질 때면 눈이 내릴 것이다.

노랑 은행잎을 보노라면, 젊었을 적에 본 미국의 명작 영화 「돌아오지 않는 강(The River of No Return)」의 주연 여우인 마릴린 먼로(Marilyn Monroe)의 금발이 생각났다. 어느 해 세모에는 친구한테서 캘린더를 선물로 받았는데, 그 속에 영화 장면 사진이 들어 있었다.

건넛집 은행나무는 암나무이다. 가까이에 수나무가 없다. 수나무의 꽃가루가 바람을 타고 암나무의 꽃술을 찾아가 장가가야 암나무에 은행이 열린다. 친구들과 가 본 경기도 용문사(龍文寺)의 은행나무는 1,100살이라고 하니, 그 나무에 대면 젊은 암나무이다.

은행나무의 노란 잎들이 지고 봄철이 돌아오니, 그 자리에 다시 새잎이 돋아났다. 까치가 날아가 둥지를 트는 광경을 보노라니, 후덕한 식물이라고 생각되었다. 아내는 은행나무 주인이 기침을 한다는 소식을 듣자 감기약을 지어 주었다.

어느 따듯한 날, 우리는 거실에 사진들을 늘어놓고 잘된 것을 골라서 접착식 바인더 앨범에 붙였다. 은행나무 사진을 말하기로 하면, 노량진시장 거리의 은행나무 단풍 사진도 있고, 큰길 건너편 사육신공원에서 잎이 무성한 은행나무를 배경으로 찍은 아이들 사진도 있다.

온 식구가 들어 있는 사진 옆에는 누렇게 마른 은행잎을 끼워 넣었다. 꽃말이 '오래 삶'임을 생각하면서.

(2000. 4)

3. 망초를 기르며

안중근 의사 유묵 (안중근의사기념관)

지하철 풍경

　우리 집에서 제일 가까운 역은 노량진역이다. 낮에는 옥상에 태극기가 나부끼고, 밤이면 '노량진역'과 'Noryangjin Station' 이라는 네온사인이 나란히 번쩍인다.

　이 역명은 백로(白鷺)가 노닐던 나루터라는 뜻이다. 이 역은 1899년에 우리나라 최초의 철도인 경인선(京仁線)이 개통되었을 때의 철도 시발지(鐵道始發地)이다.

　역 3층에 있는 매표소는 안이 훤히 보여서 좋다. 대합실 벽에는 서양 풍경화가 걸려 있고, 플랫폼으로 내려가는 계단 입구에는 관음죽과 화초들이 가지런히 놓여 있다.

　승객들은 줄을 서 있다가 열차가 도착하면 순서대로 탄다. 노인 에게 차례를 양보하는 젊은이도 있다. 승객들이 많이 몰려들 때는 순서를 지키지 않는 사람도 보인다.

　나는 지하철을 탈 때면 주로 상행선에 오른다. 상행선은 한강철교를 건너 지하 서울역과 시청을 지나 북의정부로 달리며, 하행선은 영등포를 지나 인천 또는 수원으로 간다.

열차 내에서는 노약자 보호석을 애용한다. 젊은이가 보호석에 앉아 있으면, 그리 가지를 않고 가까이 있는 손잡이를 잡고 이른바 새 천년 맞이 광고들을 읽으며 간다. 나에게 보호석을 비워주는 젊은이는 열 사람 중 세 사람 정도이다.

어느 봄날 어떤 남자가 보호석이 비어 있는데도 앉지를 않고 서 있는 광경이 눈에 띄었다. 거무스름한 피부를 가진 외국인이었다. 힘든 일에 종사하는 노동자인 듯하였다. 마침 어떤 중년 신사가 보호석에 가서 앉더니 휴대전화로 친구와 큰 소리로 통화를 하는 것이었다.

손잡이를 붙잡고 갈 때면 내가 탄 칸에 책을 읽는 승객이 몇 사람이 되는지도 살펴본다. 승객이 자리를 메울 때나 통로까지 가득 찰 때나 책을 읽는 사람은 다섯 명도 안 되는 것 같다. 독서하는 손님이 아주 적은 편이다. 안내 방송을 예고하는 뻐꾸기 소리를 듣노라면, 중학교 시절에 아버지가 등잔불 앞에서 들려주시던 이야기가 머리에 떠오른다.

그 옛날 중국 동진(東晉) 때에 차윤(車胤)이라는 사람이 있었다. 등불을 켤 기름이 없어서 반딧불로 책을 읽었다. 또 같은 시기에 손강(孫康)이라는 사람은 기름을 살 돈이 없어서 눈빛을 등불 삼아 책을 읽었다. 그렇게 각고(刻苦)의 노력을 해서 나라의 대들보가 되었으며, 오늘날의 우리들에게 '형설(螢雪)의 공(功)'이라는 멋진 고사(故事)를 남기었다.

나는 자리에 앉게 되면 주머니에서 책을 꺼낸다. 요즘 읽는 책은 禹國華(Edward J. Urguhart)라는 사람이 1929년에 동대문 밖 회기리(回基里)에 있던 시조사(時兆社)를 통해 영어로 펴낸 『The Fragrance of Spring』이라는 작품이다. 춘향전(春香傳)을 영시의 운에 맞추어 번역한 것이다.

열차 내는 훌륭한 독서실이라 할 만하다. 승객들은 객실 양쪽에 가로 놓여 있는 7인용 의자 여섯 개와 네 가장자리에 있는 3인용 보호석에 앉아 독서를 즐길 수가 있다. 여성이면 뜨개질을 하는 것도 좋을 것이다.

껌을 팔아 달라고 구걸하는 지체 장애인이나 동냥 그릇을 들고 슬픈 목소리로 노래를 부르며 지나가는 맹인 부부에게 통로를 비켜 주다 보면, 본의 아니게 옆 사람에게 부딪치기도 한다. 그러면 서슴없이 고개를 숙이며 죄송하다고 말한다.

어느 가을날 오후에 열차 내에서 아내가 어떤 중년 여성한테 발등을 밟혔다. 빈자리를 보고 뛰어가다 아내의 발등을 밟은 모양이었다. 아내가 미안하다는 말도 않느냐고 했더니, 모르고 그랬다는 것이었다.

한국인들은 사과의 말을 하는 데 인색한 것 같다. 내가 발등을 세 번을 밟혀도 사과의 말을 하는 승객은 한 사람 정도밖에 없으니 말이다. 지하철이란 승객 모두가 쾌적함을 느끼는 문화 공간이어야 할 것이다.

일본 쓰쿠바 대학(筑波大學)의 동양 사상 담당 교수인 후루타 히로시(古田博司)가 지은『슬픔에 웃는 한국인(悲しみに笑う韓國人)』이라는 책에는 이런 말이 나온다. "한국인은 자기 나라를 동방 예의지국(東方禮儀之國)이라고 부르고 있으나 이 나라에 와 본 외국인에게는 결코 그렇게 보이지를 않는다." 후루타 교수의 논평은 한국인의 깊은 속마음을 이해하지 못하고 한 말일 것이다.

열차를 타고 지하 터널에서 나와 한강철교를 지나가며 차창 밖을 내다보면, 강변에 즐비한 고층 아파트가 으스대며 서 있는 것 같고 강물 소리는 '오폐수를 버리지 마라. 녹수(綠水)로 흐르고 싶다.'라고 하는 것 같다.

이번 역은 노량진이다. 승객들 뒤에 서서 천천히 내린다. 열차가 승객들을 싣고 떠나가는 광경을 바라보며 플랫폼을 걷노라면, 내가 걸어온 인생을 돌아보게 된다.

[2000. 6 〈한국수필〉 104호]

벚꽃 필 무렵

　나는 올봄에도 벚꽃을 즐기며 안중근의사기념관(安重根義士紀念館) 가는 길을 걸어 올라가고 있다. 길가에 만개한 벚꽃을 완상하며 걷노라니 마음이 상쾌하기 그지없다.

　남산공원에 들어서니, 저만큼 둥구나무 밑에 '見利思義見危授命'이라는 글이 새겨진 자연 석비가 우뚝 서 있다. 『논어(論語)』의 헌문편(憲問篇)에 나오는 말이며, 안중근 의사가 1910년 3월에 여순(旅順) 감옥에서 순국을 앞두고 쓴 글씨이다. 이익을 보거든 정의를 생각하고 위기를 보거든 목숨을 바치라는 뜻이다.

　나는 석비 뒤쪽으로 가서 이토 히로부미의 죄악 15개조 비(伊藤博文罪惡十五個條碑)의 비문도 새삼스레 읽어 보았다. 안중근 의사가 의거의 이유에 대하여 옥중에서 써서, 관동도독부(關東都督府) 지방법원 검찰관인 미소부치 다카오(溝淵孝雄)에게 냈다는 글이다. 그 글의 내용은 다음과 같다.

첫째는 1895년에 일본 병정들을 시켜 대한 황후 폐하를 시살하게 한 일[一千八百九十五年 使人於韓國 驅兵突入干皇宮 大韓皇后陛下 弑殺事]이다. 대한 황후 폐하 시살이란, 조선 주재 일본 공사 미우라 고로(三浦梧樓)가 주도한 민비(閔妃) 살해 사건을 말한다. 그 당시 이토 히로부미는 일본 정부의 총리대신의 지위에 있었다.

둘째는 1905년에 병력으로써 대한 황제 폐하를 위협하여 5조약을 맺게 한 일[一千九百五年 以兵力突入干大韓皇宮 威脅皇帝陛下 勒定五條約事]이다. 5조약이란 을사늑약(乙巳勒約)을 말한다. 일본 정부의 추밀원 의장(樞密院議長)이던 이토 히로부미는, 천황(天皇)의 특파대사라는 명목으로 한국에 와서 고종(高宗)과 대신들을 위협하여, 일본에 외교권을 이양하는 조약을 맺게 하였다.

그 당시 학부대신(學部大臣)이었던 이완용(李完用)은, 미국 주재 조선공사관의 참찬관(參贊官)·대리공사(代理公使)·외무협판(外務協辦)·외부대신(外部大臣)을 역임한 인물인지라, 1904년에 맺은 한일 의정서(韓日議定書)의 대한제국(大韓帝國)의 독립과 영토의 보전 조항 등을 들어, 이토 히로부미의 보호 조약 강요를 거부할 수 있었을 것임에도 그에게 적극 동조하였다.

열넷째는 한국이 무사 태평하다고 메이지 천황을 속인 일과 동양 평화를 깨뜨려 몇 억 인으로 하여금 앞으로 멸망을 못 면하게 한 일[然 猶獨伊藤 韓國以太平無事之樣 上欺明治帝事 東洋平和 永爲跛傷 幾萬萬人種 將來未免滅亡之事]이다. 동양 평화를 깨뜨렸다는 것은 일본이 한국을 합병하고 대륙까지 침략하기에 이르렀다는 뜻이다.

안중근의사기념관의 문을 밀고 들어갔다. 안중근 의사의 존영 앞에서 묵념을 올렸다. 유묵들을 돌아보며 의사가 의거와 동시에 '까레이 우라(대한 만세)'를 외쳤던 만주 하얼빈(哈爾濱) 역을 연상하였다.

기록에 보면, 미소부치 다카오 검찰관이 안중근 의사에게 사형을 구형하자, 그 소식을 들은 의사의 어머니는 나라를 위하여 받는 형이니 목숨을 구걸하지 말라는 뜻을 두 작은아들로 하여금 큰아들에게 전하게 하였다는 것이다.

안중근 의사는 관동도독부 지방법원 재판장 마나베 주조(真鍋十蔵)에게, 동양의 평화를 이루기 위하여 한국의 의병 중장의 자격으로 거사한 것이니 자객으로 취급하지 말고 전쟁의 포로로 대우하여, 만국 공법에 의하여 처리해 주기를 바란다고 최후의 진술을 하였다. 안중근 의사는 사형이 선고된 데에 대하여 불복이 있으면 고등법원에 항소할 수 있다는 말을 들었으나 상소를 하지 않았다.

그러던 어느 날, 관동도독부 고등법원장 히라이시 우지토(平石氏人)가 감옥으로 안중근 의사를 찾아왔다. 안중근 의사는 고등법원장에게 일본은 뤼순(旅順)을 일단 청국에 돌려주고 일본, 청국 그리고 한국이 공동으로 관리하는 평화 회의를 그 곳에 설치할 것을 주창하였다.

안중근 의사는 공판 이전부터 옥중에서 써 오던 『안응칠역사(安應七歷史)』라는 자서전을 탈고하였다. 응칠은 안중근 의사의 자(字)이다. 고려 때의 명유 문성공(文成公) 안향(安珦)의 26대 손인 의사는, 1879년 9월에 황해도 해주에서 부유한 선비 집안의 4남매 중 장남으로 태어났다. 하얼빈에서 의거를 일으킨 것은 1909년 10월 26일의 일이었고, 순국한 날은 그 이듬해 3월 26일이었다. 유족으로는 어머니, 아내, 두 아들 그리고 딸 하나가 있었다.

안중근 의사는 이어서 『동양평화론(東洋平和論)』이라는 책을 집필하였다. 그러나 형의 집행이 박두하여 서(序)와 전감(前鑑)의 일부만 쓸 수밖에 없었다. 나머지는 현상(現狀), 복선(伏線), 문답(問答)이라는 목차의 제시로 끝냈다.

눈시울을 적시며 기념관의 문을 열고 밖으로 나왔다. 산바람을 쐬면서 공원을 거닐었다. 유치원 선생과 어린이들이 안중근 의사의 동상을 쳐다보고 있었다. 시내를 내려다보니, 집집마다 봄빛이 가득하였다. 선열들의 덕분이리라.

일본의 교과서인 『日本史』에 보면, "이토 히로부미는 하얼빈 역에서 독립 운동가 안중근에게 사살되었다."라는 말이 있다. 전에는 안중근 의사를 테러리스트라고 불렀다.

우리나라의 교과서인 『고등 학교 국사(하)』에는 "의병으로 활약하던 안중근은 만주 하얼빈 역에서 한국 침략의 원흉인 이토 히로부미를 사살하였다'라고 씌어 있다. 안중근 의사의 동양 평화 사상에 대한 언급이 없는데, 그것은 용을 그리면서[畵龍] 눈동자를 그려 넣는 일[點睛]을 잊고 있는 것과 같다고 하겠다.

일본인 관광객들이 꽃비를 맞으며, 하루라도 글을 읽지 않으면 입안에 가시가 돋는다는 뜻의 '一日不讀書口中生荊棘'이라는 글이 새겨진 자연 석비를 구경하고 있었다.

　안중근 의사가 여순 옥중에서 쓴 글씨를 대하는 그들은 어떤
감회에 젖어 있을까.

[2001. 1 〈외교〉 56호]

망초를 기르며

우리 집 옥상 정원에는 망초가 여러 포기 자라고 있다. 불청객 잡초가 화초라도 되는 것처럼 장독 앞에서 크고 있다.

식물도감을 보면, 망초는 북아메리카가 원산지이며 밭이나 빈 터에 마구 돋아나는 악질적인 풀이라고 한다. 풀의 삶의 의지가 얼마나 강인하면 야생화 연구가조차 험구를 퍼부을까? 하지만 잡 초치고 그렇지 않은 잡초가 어디 있으랴.

내가 망초를 처음 목격한 것은 지난겨울 어느 추운 날의 일이었 다. 아침나절에 서재에서 책을 읽고 있노라니, 창밖에는 눈이 내 리고 있었다. 함박눈이었다.

눈을 쓸기 위해 방문을 열고 옥상 정원으로 나갔다. 그랬더니 망초가 장독 앞에서 눈발을 맞고 있었다. 상추를 기르는 화분에 난데없는 망초가 돋아나 있었던 것이다. 겨울을 한데서 나고 있는 푸르죽죽한 모습이 대견해 보였다.

입춘이 지나자, 까치 한 쌍이 지붕 위를 날아 길 건너편 집 울안에 있는 큰 은행나무로 삭정이를 물어 날랐다. 은행나무 북쪽으로 멀리 보이는 63빌딩 위에는 구름이 외로이 떠 있었다.

망초가 봄비를 맞더니 3센티미터 정도로 자랐다. 뽑아 버리려고 손가락으로 냅다 쥐었더니, 망초가 아프다고 소리를 지르는 것 같았다. 그래서 그냥 내버려 두었다. 장독에 어울려 보였다.

4월이 되었다. 동네 시장에서 큰 화분을 여러 개 사다가 서재 창문 앞에 늘어놓고 퇴비를 담았다. 책상 서랍에서 지난가을에 받아 두었던 나팔꽃씨를 꺼내어 화분에 뿌렸다. 상추 모종도 여러 포기 사다가 심었다.

건너편 집 은행나무 위에 있는 까치둥지가 신록으로 뒤덮였다. 저 까치들은 알을 깠을지 모른다는 생각이 들었다. 은행잎 틈새로 상추, 나팔꽃 그리고 망초에 물을 주는 나의 거동을 엿보았을 것이다.

5월의 어느 화창한 날, 아내와 함께 상추잎을 땄다. 만물인지라 잎이 싱싱하고 연하였다. 아내는 화초를 관상하려면 상추나 고추를 심어야지, 망초를 길러서 무엇에 쓰느냐고 푸념을 늘어놓았다.

여름이 되니, 일부 망초에 진딧물이 끼었다. 옥상 정원에 망초가 자라고 있는 줄은 어떻게 알았을까. 진딧물은 다른 망초에 자꾸만 번졌다.

인근 약국에서 살충제를 사다가 뿌려 주었다. 잎새 뒷면에 진딧물이 붙어 있어서 살충제가 미치지를 않았다. 손에 위생 장갑을

끼고 잎들을 살짝 쥐어 주었다. 그러자 진딧물이 눌려 죽었다. 망초들이 시원해 하는 듯한 촉감이었다. 죽은 진딧물이 바람에 날렸다.

이튿날 아침 옥상 정원에 나오니, 나팔꽃 한 송이가 빨갛게 피었다. 문득 아들 내외와 함께 미국에 사는 어린 손녀의 웃는 얼굴이 눈앞에 떠올랐다. 그 다음 날 아침에는 빨간 꽃이 지고 새 나팔꽃이 세 송이나 피었다. 흰나비 한 마리가 날아들었다. 나팔꽃 줄기를 긴 막대기로 받쳐 주었다. 나팔꽃은 아침마다 새로 피고는, 저녁나절이면 창문에 그늘을 드리웠다.

망초가 장맛비를 맞더니 170센티미터까지 자랐다. 줄기가 싸리나무같이 단단하고 가지는 낙엽송처럼 사방으로 뻗었다. 작은 가지 끝에는 종 같은 모양의 작고 흰 꽃들 곧 망초꽃이 붙어 있었다. 이 볼품없이 생긴 꽃은 여러 날 동안 피었다. 이런 것도 꽃이라고 어디서 아주 작은 꿀벌 한 마리가 날아들어 꿀을 따고, 가지들 사이에서는 두 마리의 호랑거미가 줄을 치고, 망초 위에서는 밀잠자리가 많이 날아다녔다.

입추가 지나자, 줄기 아래쪽 잎들이 하나 둘씩 말라 갔다. 갓털이 달린 씨를 다 날려 보낸 망초가 잎들을 버리는 모양이었다. 서쪽 이웃집 감나무 너머로 지는 저녁 노을을 배경으로 바람에 흔들리는 모습이 고고(孤高)해 보였다. 밤이면 달을 붙잡고 뭔가 밀어(密語)를 나누는 것만 같았다.

10월 중순으로 접어드니, 망초가 말라 버렸다. 화분에 망초의 새싹들이 파릇파릇 돋아났다. 이 싹들도 겨울에 살아남기를 바랐다.

세월이 흘러 옥상 정원에 망초를 기른 지도 5년째 되는 해의 여름이 왔다. 노경에 책을 읽으며 망초꽃을 보는 것이 즐겁다.

어느 더운 날, 끈을 날로 하여 매년 모아 둔 마른 망초 줄기로 발을 엮어 창문에 달았다. 망초 발이 투박해 보이지만, 운치가 있다.

[2001. 2 〈한국수필〉 108호]

고요한 아침의 나라

이 표제는 『고요한 아침의 나라, 조선(Choson: The Land of the Morning Calm)』이라는 책에서 딴 것이다. 이 책은 1885년에 퍼시발 로우웰(Percival Lowell)이라는 미국인이 펴낸 것이다. '고요한 아침의 나라'라는 호칭이 나는 좋다.

그 책의 특징은 퍼시발 로우웰이, 1883년 12월 중순에 견미 사절(遣美使節) 즉 보빙사(報聘使)의 전권 부대신 홍영식(洪英植)을 따라 서울에 와서, 그 해 겨울을 지내는 동안에 보고 들은 지식을 적은 것이다. 퍼시발 로우웰은 전권 대신 민영익(閔泳翊) 일행을 안내한 공로로 고종(高宗)의 환대를 받았다.

압권(壓卷)은 첫째 쪽에 있는 고종의 어진(御眞)이다. 정부편(政府篇)에는 왕과 삼공 육경(三公六卿)과 외아문(外衙門)의 신설에 대한 이야기가 자세히 씌어 있다. 조선 시대에는 유교의 경전에 통효(通曉)하여 과거에 급제를 해야만 벼슬을 할 수가 있었다고 하였다.

사서(四書)의 하나인 『논어(論語)』의 헌문편(憲問篇)에는 "子曰 爲命 裨諶草創之 世叔討論之 行人子羽修飾之 東里子産潤色之"라는 말이 나온다. '공자(孔子) 가라사대 정(鄭)나라에서는 외교 문서를 작성할 때, 비심(裨諶)이 초안을 만들고, 세숙(世叔)이 검토를 하고, 외교관인 자우(子羽)가 수정을 가하고, 동리의 자산(子産)이 문채(文彩)를 내었다고 하셨다.'라는 뜻이다. 정나라는 중국의 중원에 있었던 작은 나라이다. 비심, 세숙, 자우, 자산은 정나라의 대부(大夫)들이었다.

조선 선조(宣祖) 때의 명상인 서애(西厓) 유성룡(柳成龍)이 지은 『징비록(懲毖錄)』이라는 문헌에 보면, 선조 23년(1590) 경인(庚寅) 3월에 교토(京都)로 갔던 통신사가 이듬해인 신묘년(辛卯年) 봄에 돌아와 도요토미 히데요시(豊臣秀吉)를 만난 결과에 대해 어전에 엇갈린 보고를 하였다고 쓰여 있다.

서인(西人)이요 상사(上司)인 첨지(僉知) 황윤길(黃允吉)이 "병화가 반드시 있을 것입니다[以爲必有兵禍]" 하고 아뢴 반면에, 동인(東人)이요 부사인 사성(司成) 김성일(金誠一)은 "신은 그러한 징조가 있음을 보지 못하였습니다[臣不見其有是]" 하고 아뢰었다고 하였다. 그들이 가져온 왜서(倭書)에는 '군사를 거느리고 명나라에 뛰어 들어가겠다[率兵超入大明]'라는 말이 있었음에도 그랬다는 것이었다. 이에 조신들은 혹은 윤길의 의견을 주장하고[或主允吉] 혹은 성일의 의견을 주장하였다[或主誠一]고 하였다.

그런데 문학 평론가인 이어령(李御寧) 박사는, 저 유명한 『흙 속에 저 바람 속에』라는 에세이집 중 「눈치로 산다」라는 제목의 글에서, "만약 그때 눈치가 아니라 과학적 판단에 의해서 그것을 처리했던들 임진왜란이라는 그 처참한 전화는 면할 수 있었을 것이다. 명나라의 군사를 미리 주둔시킬 수도 있었겠고, 혹은 순순히 길을 빌려 주어 오히려 어부지리를 볼 수도 있지 않았나 싶다." 하고 말하고 있다. 정말 그럴까?

규장각(奎章閣)의 개화기 외교에 관한 문헌을 보면, 조선의 전권 대관(全權大官) 신헌(申櫶)과 미국의 전권 대신 로버트 슈펠트(Robert W. Shufeldt) 제독이 고종 19년(1882) 5월에 제물포의 화도진(花島鎭)에서 역사적 조미 수호 통상 조약에 서명을 했다고 하였다.

그 문서는 화문(華文)과 영문으로 씌어 있다. 화문본에는 '만약 일방(一方)이 제3국으로부터 불공 경모를 당하여 이를 알리는 경우에는 타방은 필수 상조하고 조정하여 우의를 표한다[若他國有何 不公輕蔑之事 一經照知 必須相助 從中善爲調處 以示友誼關切]'라는 구절이 있다.

그러나 영문본에는 일본에 외교권을 빼앗기기 이전에 고종이 그토록 기대했던 '필수 상조'에 해당하는 말이 없다. 그 영문본의 내용은 이렇다. 'If other Powers deal unjustly or oppressively with either Government, the other will exert their good offices, on being informed of the case, to bring about an amicable arrangement, thus showing their friendly feelings.'

그런데도 역사 학자 이선근(李瑄根) 박사는, 필생의 대작인 『韓國史(最近世篇)』의 「淸國의 알선과 한·미 조약 체결」의 장에서, "비록 후일 '데오도어 루스벨트'(Theodore Roosevelt) 大統領 당시 日本을 지지하여 이 조문의 정신을 무시해 버리고 말았으나, 歷年 이 조약의 체결을 위해 고심한 '슈펠트' 제독의 그날의 심정만은 진실로 '必須相助'할 성의도 있었으리라." 하고 말하고 있다. '必須相助'라는 말은 화문본에만 있다.

또 국사편찬위원회에서 편찬한 2002년 『고등 학교 국사(하)』의 「근대 사회의 전개」 편에 보면, "조선이 서양 여러 나라와 맺은 최초의 조약인 조·미 수호 통상 조약에서는, 양국 중 한 나라가 제3국의 압박을 받을 경우에 서로 도와 주겠다고 규정하였다."라고 적혀 있다. '서로 도와 주겠다'라는 말이 영문본에는 없다.

공자는 『논어(論語)』의 위정편(爲政篇)에서 "옛것을 익히고 새것을 알면 능히 남의 스승이 될 수 있느니라[溫故而知新 可以爲師矣]"라고 하였다. 고전을 공부하라는 소리다. 고전을 공부함에 있어서는 '실수'에 관한 것도 소중히 해야할 것이다. 그렇게 하지 않는다면 같은 잘못을 되풀이하는 법이다.

[2002. 6 〈한국수필〉 116호]

4. 달아 달아

로마에서

고교 국문법

이 글의 제목은 곽우종(郭宇鐘) 님이 1982년에 펴낸『高校國文法』에서 딴 것이다. 이 책은 대입 학력 고사 준비서이다.

나는 20여 년이나 그 책을 인생의 반려로 삼아 오고 있다. 젊어서는 직장에서 공문을 작성할 때에 문법 참고서로 삼았고, 늙어서는 수필 작성 안내서로 삼고 있다.

그 책에 대한 나의 감상은 이렇다. 글을 읽는 데는 도움이 크나 글을 쓰는 데는 별로 도움이 안 된다는 것이다. 어째서 그럴까.

품사 중에서 맏이인 명사(名詞)의 복수 표시에서는 지은이가 복수 접미사를 붙인 단어를 예로 들고 있다. 복수형의 단어가 들어 있는 문장도 보여 주면 좋을 것이다.

· **사람**이 살아가는 데에 책은 왜 필요한가?
— 『고등 학교 국어(상)』(교육부, 1997)

· 서울 **사람**은 서울이 좋고, 시골 **사람**은 시골이 좋다는 거다.

　　　　　　　　　　　　　　　— 尹五榮, 「순아」

· 개성 **상인들**은 한국의 **보부상**을 대표한다.

　　　　　　　　　　　— 이수광, 『귀신이 되어서도 팔아라』

· 다음의 **단어들**은 모두 해방 이후에 만들어진 **새말**이다.

　　　　　　　　　— 『고등 학교 문법』(교육 인적 자원부, 2002)

· 위의 **예문들**은 모두 추정을 나타내는 **것**들인데…….

　　　　　　　　　— 남영신, 『나의 한국어 바로 쓰기 노트』

　　대명사(代名詞)의 복수 표시에서도 복수 접미사를 붙인 단어만
들고 있다. 복수형의 단어가 들어 있는 문장을 보여 주어야 할
것이다.

· **우리**는 대한의 **아들딸**이다.　　— 『그랜드 국어사전』(금성출판사)

· **우리**는 결국 모두 **형제들**이다.

　　　　　　　　　— 『국어 읽기 5-1』(교육 인적 자원부, 2002)

· **우리들**은 대한의 **아들딸**이다.　　— 『서울 6백년사』(서울특별시)

· **우리들**은 모두가 고등학교 **동창생들**이다.

　　　　　　　　　　— 배동식, 『바람 따라 구름 따라』

· **우리**는 그날부터 서로 사랑을 하게 되었다.

· **우리들**은 양가 부모의 승낙을 받아 결혼식을 올렸다.

· 우리 모두(가) 이야기를 읽고 느낀 점을 적어 봅시다.

· 우리들 삼 형제는 홀어머니를 극진히 봉양하였다.

· 우리들 젊은이들은 경주를 향하여 서울역을 떠났다.

영어의 단수 명사와 복수 명사에 관한 용례를 덧붙인다.

· the song of reeds — *I Love Korea!* (Hollym, 2006) (갈잎의 노래)

· the chorus of the frogs in the paddy fields — Richard Rutt, *Korean Works and Days* (논에서 들려 오는 개구리의 울음소리)

· We thought he was a traveling monk stopping for a few days, but the days grew into weeks and weeks into months and he was still there. — Lin Yutang, *WIDOW, NUN and COURTESAN* (우리는 그가 며칠 동안 머무를 여행중인 수도자라고 생각하였다…….)

· Years passed by, and the three boys had grown up to be men. — James M. Baldwin, *Fifty Famous Stories* (……세 소년은 어른이 되었다.)

동사(動詞)가 관형어로 쓰일 때의 시제(時制)에서는 이런 예문을 들어야 할 것이다.

· 대합실은 호외를 **읽는** 승객들로 붐볐다.

· 이 작품을 **읽은** 사람은 알겠지만, 미국의 골목 안을 무대로 해서

그 골목 안에 들어서는 사람들을 중심으로 그린 작품이다.

— 조경희, 「골목」, 『치자꽃』

· 〈제2의 성(性)〉을 **읽었을** 때의 충격을 나는 아직도 기억하고 있다.

— 韓水山, 「T셔츠의 行路」

· 책을 **읽을** 때는 일체의 잡념을 버리고 정신을 집중하여 讀書三到
경에 빠져야 한다.　— 鄭錫元, 『지혜를 열어주는 新고사성어 120』

· 그 문학 소녀는 김동인(金東仁)의 「수정 비둘기」를 아마 10번도 넘
게 **읽었을** 것이다.

· 내가 여학교에 다닐 때 열심히 책을 빌려 **읽던** 책방 골목길이 지금
도 가끔 꿈에 보인다.　— 이해인, 「책을 읽는 기쁨 · 2」, 『꽃삽』

· 묶은 책을 뒤적이다 보니 40여 년 전 국민학교 오학년 때 재학생을
대표해서 졸업하는 선배들에게 **읽었던** 송사의 초본이 아직도 남아
있다.　— 沈永求, 「스승을 경모하며」

외국인에게서 '**-던**'의 용법이 어렵다는 말을 들은 적이 있다.
이에 다음과 같이 '**-던**'의 용례를 들어 본다.

· 함박눈이 소리 없이 **내리는** 어느 날이었다.

· 봄바람이 산들산들 **불어오던** 어느 날, 나는 덕수궁을 찾았다.

· 나는 누구의 안내도 없이 소년들만 살고 있는 집으로 들어서자,
같은 또래—십여 세쯤 **되는**—의 소년소녀들이…… 굳어진 표정으
로 나를 쏴 보는 것이었다.　— 邊海明, 「나의 살던 고향은」

· 공의 나이 32세 **되던** 해 봄 2월이었다.　　　— 李殷相, 『李舜臣』

　형용사(形容詞)가 관형어로 쓰일 때의 시제에서는 다음과 같은 예문을 들어야 할 것이다.

· 산허리는 온통 메밀밭이어서 피기 시작한 꽃이 소금을 뿌린 듯이 **흐뭇한** 달빛에 숨이 막힐 지경이다.　— 李孝石, 『메밀꽃 필 무렵』
· 내가 **어렸을** 적만 하더라도 새끼줄은 농촌에서 생명줄이나 다름없었다.　　　　　　　　　　　　— 윤구병, 『잡초는 없다』
· 나의 고독은 **늙을** 줄을 모른다.

　　　　　　　— 趙炳華, 『버릴거 버리며 왔습니다』
· 순이는 그날그날이 마냥 **즐거웠을** 것이다. 혼인의 꿈도 꾸었을 것이다.
· **소란하던** 수숫잎 소리가 뚝 그쳤다. 밖이 멀개졌다.

　　　　　　　　　　　— 黃順元, 「소나기」
· 그 **참담했던** 전란의 와중에서 나는 나의 사랑스런 둘째 딸을 잃었다.
　　　　　　　　　　— 반야월, 『나의 삶 나의 노래』

　서술격 조사(敍述格 助詞)가 관형어로 쓰일 때의 시제에서는 이런 예문도 들어야 할 것이다.

· 지금부터 10여 년 전**인** 1992년 4월 초순경의 일이었다.
· 그는 어느 출판사의 사장**인** 홍진길(洪眞吉)이라는 중년 신사였다.

· 옛날에 호가 '여우(如愚)'**인** 사람이 있었습니다.

— 김만식, 『이야기 어휘력 교실』

· 그녀가 갓난아기**였을** 때에는 장차 이리 될 예상을 안 하여서 곱살하게 자랄 줄로 알았던 모양이다.   — 康信哉, 「그 지혜(知慧)」

· 아마 그 집에 사는 사람들이 그 동네의 원주민**일** 것이다.

— 신경숙, 「부석사」

· 그것은 그가 20살 때의 일이다. 그날이 아마 그의 생일**이었을** 것이다.

· 그 당시 시내 사범학교 3학년에 재학 중**이던** 김영순은 친구들을 따라 내장산에 야영을 갔다.

· 야사(野史)를 읽어보면 성종(成宗) 때 영의정**이었던** 송질 대감의 마누라는 질투가 강하기로 유명한 여성이었다.

— 鄭飛石, 『爐邊情談 3』

부사어(副詞語)의 유형에서는 부사어의 위치에 대한 예문도 들어야 할 것이다.

· **그날 저녁** 그들은 영화 구경을 같이 갔다.
· 그는 **이튿날 아침** 그 집을 나와 한길로 나섰다.

· **그 후에** 나는 이따금 그 동네를 찾았다.
· 그녀는 **그 후에** 그 사람을 한번도 만난 적이 없었다.

· **이날 한낮이 되었을 무렵에** 그는 집을 나섰다.
· **이날** 나는 **저녁 무렵에** 집으로 돌아왔다.
· 그들은 **이날 석양 무렵에** 목적지에 당도하였다.

· **그 말에** 성춘향은 가슴이 뜨끔하였다.
· 이몽룡은 **그 소리에** 크게 기뻐하였다.

· **어느 해** 가뭄이 들었다.
　　— 글 장영주/그림 최효애, 『이야기로 들려 주는 우리 속담』
· **올 겨울에는** 유난히도 눈이 많이 내렸다.
　　　　　　　　　　　　— 김지상, 『꽃길을 가꾸며』

　성분(成分)의 배열에서는 가운뎃점, 쉼표의 용례뿐 아니라 연결 조사와 접속 부사의 용례도 들어야 할 것이다.

· 철수 • 영이, 영수 • 순이가 서로 짝이 되어 윷놀이를 하였다.
　　　　　　　　　　　　— 정호경, 『좋은 글쓰기의 힘』
· 할아버지는 봄 • 여름 • 가을 • 겨울이 바뀌어지면 그때그때에 알
　맞은 물건을 만들어서 읍내 장에 내다 팔았다.
　　　— 이준연, 「바람을 파는 소년」, 『까치를 기다리는 감나무』
· 그러기에 옛 선비들은 성문과 정을 두려워했던 것이다. 그 명예,

그 지위, 그 권력, 그 부의 대가를 치러야 하기 때문이다.

　　　　　　　　　　　　— 윤오영, 「와병수감(臥病隨感)」, 『방망이 깎던 노인』

· 유고 시집 『하늘과 바람과 별과 시』가 간행된 1948년은 윤동주의

　해였다.　　　　　　　　　　　　— 최동호, 『시 읽기의 즐거움』

· 처마 끝을 위시하여 부엌과 변소와 광과 우물가와 그리고 대문 앞

　에까지 등불을 밝혀서 온 집안이 옛 이야기에서나 들은 용궁이나

　선경(仙境) 같기만 했었다.　　　　　　　— 金東里, 「제야(除夜)」

· 삶을 다 살아 보지 않고도 우리는 진실, 정직 **그리고** 사랑에 대하여

　높은 가치를 부여하고 스스로의 삶을 설계한다.

　　　　　　　　　　　　　　— 김흥규, 『한국 현대시를 찾아서』

· 푸숲이 우거진 논다랭이를 지나면 신작로와 철로, **그리고** 이내 바

　다였으니 오죽했을까.　　　　　　　　— 이문구, 『관촌수필』

영어의 등위 접속사 'and' 의 용례를 들어 본다.

· Jack, Jill and Tom went up the hill.— Eric Partridge, *You*
　have a Point There (보편적인 사용 형태)

· Jack, Jill, and Tom went up the hill.— Eric Partridge, *You*
　have a Point There (Tom을 강조할 때)

· He enjoys tennis, golf(,) and baseball. (and 위에 Comma를
　넣음은 약간 문장체) (그는 정구, 골프, 야구를 좋아한다.)

— 朴術音, 『學習英文法』

성분의 생략(省略)에서는 성분이 잘못 생략된 예문도 보여 주어야 할 것이다.

· 올해 들어 시골 여행을 할 기회가 없는 편이다. 고속버스를 타고 동해에 가고 싶다.   — S 사보

윗글은 어떤 수필의 서두이다. '올해 들어' 다음에 주제어(主題語) '나는'을 넣어야 한다.

세월의 때가 끼어 『高校國文法』이 많이 누렇지만, 나는 이 책이 좋다.

[2002. 8 〈白眉文學〉 8집]

소렌토 아리랑

나포리 민요제가 열리는 산카를로 극장을 구경하고 있노라니까, 나는 나포리를 보지 않고는 인생도 예술도 없다는 말이 머리에 떠올랐다.

가을 해가 바다에 질 무렵에, 아내와 나는 나포리에서 여객선에 몸을 실었다. 선두에서 멀리 이스키아 섬이 보였다. 배는 30분 후에 소렌토 항에 도착하였다.

항구 입구에서 관광 마차를 타고 민요의 술집을 찾아 나섰다. 악기 모양의 광고물이 눈에 띄는 것을 보니, 민요의 술집 거리에 온 모양이었다.

우리는 '라 미네르바'라는 술집 앞에서 마차를 내렸다. 이름이 낯익었다. 호기심을 품고 문을 밀고 들어갔다.

어떤 중년 부부가,

"디노 코레아입네다."

"코레아 부인입니다."

하고 반겨 주었다.

성(姓)이 코레아라고 하는 것을 보니, 어쩌면 조상이 한반도에서 왔을지 모른다는 생각이 들었다. 코레아 씨에게 고향을 물어보았다. 알비 지방이란다. 코레아 부인은 한국 사람이라고 한다.

그들은 빙그레 웃어 보이며 우리를 홀 가운데에 있는 통나무 테이블로 안내하였다. 홀은 이내 손님들로 가득 찼다.

민요의 나라에서 포도주를 마시며, 이탈리아 가수들이 부르는 「산타 루치아」와 「돌아오라 소렌토로」를 듣고 있노라니 마냥 즐거웠다.

무대 감독이 마이크에 대고,

"코레아의 사위! 코레아의 사위!"

하고 코레아 씨를 불렀다.

얼굴이 길쭉하고 콧대가 우뚝 솟은 코레아 씨가 한국인 부인의 손을 잡고 단상 위로 올라갔다. 코레아 부인은 밴드를 향하여 「아리랑」을 청하였다. 코레아 씨는 애정 어린 표정으로 아내를 바라보며 테너로 「아리랑」을 불렀다. 「아리랑」의 가락이 이토록 가슴에 와 닿기는 처음이다.

코레아 씨 부부의 「아리랑」 합창이 끝나자, 청중이 일어나 열렬한 박수를 보냈다. 코레아 씨는 부인의 손을 잡고 내려와 우리 곁에 앉았다.

가까이 있는 손님들이 코레아 씨 주위에 모여들어 처가가 아리랑

이냐고 물었다. 내가 누구한테 노래를 배웠느냐고 했더니 '코레아 부인'이라고 답하였다. 아내와 나는 코레아 씨 부부와 긴 이야기를 하였다.

우리는 자정이 넘어서 '임페리얼 트라몬타노 호텔' 로비에 들어섰다. 나폴리의 작곡가 잠바티스타 쿠르티스는 이 호텔의 테라스에서 「돌아오라 소렌토로」를 작곡했다고 한다.

다음 날 아침 우리는 소렌토 역으로 가서 로마행 차표를 샀다. 그런데 놀랍게도 코레아 씨 부부가 대합실에서 기다리고 있었다. 그들을 다시 보니 반갑다.

코레아 씨 부부가,

"서울 장모님께 소식을 전해주십시오."

"또 「아리랑」을 들으러 오세요."

하고 말하였다. 코레아 부인은 한국어로.

우리는 열차에 올라 자리에 앉았다. 열차는 곧 로마를 향하여 떠났다. 창밖을 내다보니, 그들 부부의 웃는 얼굴이 눈에 선하였다.

이 이야기는 지금부터 4백여 년 전인 임진왜란 당시 왜적들에게 붙잡혀 나가사키(長崎)로 끌려간 조선 포로 중의 한 사람인 안토니오 코레아가 생각나서 쓴 것이다.

피렌체 상인 프란체스코 카를레티가 남긴 항해 일지에 보면, 그는 나가사키의 노예 시장에서 조선 소년 5명을 샀다고 한다. 귀국 도중에 4명은 인도에 있는 고아에서 풀어 주고 1명을 데리고 왔다는 것이다. 카를레티는 그를 안토니오 코레아라고 불렀다고 한다.

안토니오 코레아는 이탈리아 처녀에게 장가갔을지도 모른다. 알비 마을은 남부 이탈리아에 있으며 코레아 씨의 집성촌이다.

[2002. 9 〈서울문학〉 14호]

삼성산(三聖山)의 미소

내가 신림동 쪽 산길로 해서 삼성산(三聖山)의 산등성이에 올라서니, 산바람이 이마에 돋은 땀방울을 식혀 주었다. 거북바위에 앉아 숨을 돌렸다.

산을 넘어 안양 땅인 삼막사(三幕寺) 가는 길로 발길을 옮겼다. 누렇게 변한 참나무들 사이로 진한 단풍이 보였다. 붉은 물이 곱게 들었다.

삼막사 입구에 다다르니 노송들이 우뚝 서서 햇볕을 쬐고 있다. 나무들이 반가웠다. 경내에 들어가 감로정(甘露井)에서 나오는 물을 떠서 마셨다. 명부전도 둘러보았다.

절을 나와 남쪽으로 나 있는 화강암 계단을 올라갔다. 전에는 여기가 비포장 산길이었다. 얼마쯤 가니까 오른쪽에 높이 1미터가 넘어 보이는 여근석(女根石)과 높이가 2미터가량 되어 보이는 남근석(男根石)이 있었다.

다가가 보니 여근석은 남쪽 삼성산 꼭대기를 향하여 누워 있고,

남근석은 조금 떨어져서 서쪽 산자락을 비스듬히 바라보고 서 있다. 여근석이 토라져 있는 형상이다. 남근석은 못생겨 보이고.

조개 모양의 바윗등에는 백 원짜리 동전이 놓여 있었다. 나도 돈을 놓고 손자를 보게 하여 달라고 마음속으로 빌었다. 그랬더니 입가에 절로 웃음꽃이 피어났다.

저만치 단풍 아래에 새로 단청한 칠성각이 있다. 七寶殿이라는 현판이 걸려 있다. 문이 열려 있기에 가까이 가서 들여다보았다. 마애삼존불상이 계시었다.

발길을 돌려 길을 내려가다 보니, 어떤 젊은 여인이 가지처럼 생긴 바위에 오른손과 이마를 대고 기도하고 있었다. 바위 옆에는 '삼막사 남·녀 근석'이라는 안내판이 서 있다. 그 앞을 지나갔다.

어디선가 바삭 소리가 연거푸 들려 왔다. 뒤를 돌아보니, 석양에 물든 단풍이 바람결에 나부끼고 있다. 삼성산이 살찌고 따스해 보이는 것이 웃음을 터뜨릴 것만 같다.

삼막사 입구에 도착하니, 승합차 한 대가 서 있었다. 보살님들이 타고 있었다. 안양 쪽 골짜기에 난 길로 해서 아래로 걸어 내려갔다.

회고해 보면, 내가 고등학교에 다니던 시절에는 시골 어른들이 정초에 유실수 가지 사이에 남근 모양의 돌을 끼워 넣고 과일이 많이 열리기를 소원하였다. 농사 교본인 『농가월령가(農家月令歌)』의 「정월령(正月令)」에 씌어 있는 '과수 가지 사이에 돌 끼우기'라는 풍습을 따랐던 것이다.

나는 서울에서 대학에 다녔을 때에 영국의 작가 로렌스가 지은

『채털리 부인의 연인(Lady Chatterley's Lover)』이라는 작품을 읽었다. 이 책은 1958년에 미국의 한 출판사가 남근과 자궁이라는 말을 삭제하고 간행한 것이었다. 미국에서 완본이 나온 것은 그 이듬해의 일이다.

로렌스는 소설 속에서 채털리 부인이 산지기인 멜러즈와 사랑을 나누는 정경을 진솔하게 그리고 있다. 완본에 보면 남근과 자궁이라는 말도 써서 애정의 성스러움을 보여 준다.

그 후 서른 살이 되던 해 봄에 인도 관리의 안내를 받아 갠지스 강 남쪽에 있는 카주라호 마을을 돌아보게 되었다. 마을에는 1천여 년 전에 지었다는 힌두 사원들이 따가운 햇살을 받으며 여기저기 서 있었다.

사원 벽면이 온통 '미투나 상(男女交合像)'이라는 석조(石造) 조각들로 장식되어 있는데, 커다란 눈을 가진 얼굴에는 희열이 일고 있고 가슴과 엉덩이에는 피가 흐르는 것 같았다. 찬델라 왕국의 치자들은 사후에도 관능적 행복을 누리고 싶었던 것일까.

나는 40대 초에 브라질 주재 한국 대사관에 근무했을 때에 포르투갈 어로 쓰인 애정 소설을 탐독하였다. 소설이 브라질 여성의 육체적 건강미를 실감나게 표현하고 있었다.

어느 가을날 운전면허 시험을 보게 되었다. 브라질에 부임하기 전에 서울에서 시험을 볼 시간이 없었다. 구술 시험 때에 여성 시험관이 나에게 첫 성 경험은 언제 했느냐고 물었다. 내가 첫날밤이라고 대답하자, 이 서기관은 머리가 돌았느냐고 되물었다.

노인의 애독서인 『삼국유사(三國遺事)』의 「기이(紀異)」편에 보면, '영묘사 옥문지에서 겨울철인데도 개구리가 많이 모여서 사날 동안이나 울었다[於靈廟寺玉門池 冬月衆蛙集鳴三四日]'라는 말이 있다. 옥문이란 여근을 뜻한다.

또 같은 「기이」편에 보면 '남근이 여근에 들어가면 반듯이 죽는다[男根入於女根則必死矣]'라는 말도 나온다. 『삼국유사』는 고대 민속의 보고(寶庫)이다.

오경(五經)의 하나인 『시경(詩經)』의 「대아(大雅)」편 속에는 '면면과질 민지초생 자토저칠(緜緜紙瓜瓞 民之初生 自土沮漆)'이라는 구절이 있다. 우리나라의 역서(譯書)에서는 '면면과질'을 '길게 뻗은 오이 덩굴' 또는 '주렁주렁 이어진 크고 작은 오이들'이라는 말로 풀이하고 있다.

그런데 중한사전에 보면, '면면과질'이란 자손의 번성을 뜻한다고 한다. 중국 비교 문화 연구가인 찐원쉐(金文學)에 따르면, '면면과질 민지초생'이라는 말은 어머니의 배같이 동그랗게 생긴 조롱박에 대한 신앙 곧 중국의 여성 생식기 숭배를 뜻한다는 것이다.

이윽고 골짜기를 내려와 큰길로 나섰다. 왼편에 개울물이 흘러내린다. 그 너머에 기와로 지붕을 이은 집들이 있고, 텃밭에는 감나무가 서 있으며, 마을 뒤편은 단풍으로 둘러싸여 있다.

온 집들이 삼성산의 품에 포근히 안긴 느낌이다. 감나무에 등불 같은 감들이 달린 것이 그렇게도 훈훈해 보일 수가 없었다.

(2002. 10)

달아 달아

감나무 밑에서 대나무 전지로 저녁 햇볕에 익어 가는 감을 따서 망태기에 담노라니, 양팔이 뻐근해 왔다.

대나무 장대 위쪽을 새 부리처럼 쪼갠 데에 감이 달린 가지가 끼이게 하고, 장대를 돌리자 가지가 '똑' 하고 꺾이는 소리가 듣기에 좋았다.

"까치밥을 많이 남겨라."

어머니의 목소리였다.

마당에서는 어머니가 줄에 널린 빨래를 거두고 있었다. 감나무 단풍을 등지고 빨래를 거두는 모습이 그림 같았다.

어머니는 항아리에 더운물을 가득 붓고 소금을 넣은 다음, 마른 풀을 깔고 감을 담아서 하룻밤을 아랫목에 놓아 두었다. 그러면 떫은맛이 가셨다.

추석을 며칠 앞두게 되었다.

그날 밤에는 어머니가 아들들을 안방에 모아 놓고 송편을 빚게 하였다. 딸이 없는 집안이고 보니, 아들들이 안일을 거들었다.

그런 때면 어머니는 박꽃 같은 얼굴에 보조개가 생기는 줄도 모르고 이런 노래를 불렀다.

달아 달아 밝은 달아 / 이태백이 놀던 달아 / 저기 저기 저 달 속에 / 계수나무 박혔으니 / 옥도끼로 찍어 내어 / 금도끼로 다듬어서 / 초가 삼간……

어머니의 노랫가락은 동화 같았다. 어머니는 어렸을 적에 외할아버지에게 노래를 배웠다고 하였다.

이듬해 봄에 나는 읍내에 있는 중학교에 들어갔다. 거리가 십리 반이나 되는, 달밤이면 장꾼으로 붐비는 신작로를 걸어서 학교에 다녔다. 두 해가 흘렀다.

어느 가을날이었다.

감나무에 올라가 전지로 감을 따고 있노라니까 문득 소녀의 목소리로,

"감 사러 왔다."

하는 소리가 들려 왔다.

누구일까 하고 아래를 내려다보니, 단발머리 여학생이 고개를 쳐들고 서 있었다. 눈길이 마주치자, 까닭 없이 가슴이 설레었다. 조심스레 감나무에서 내려왔다.

"어디서 온 누구니?"

"읍내에 살아. 박달님이야."

"달님?"

"달님은 별명이다."

"이름이 뭔데?"

"……."

망태기에 있는 감을 살그머니 소녀에게 주었다. 감이 스무 개는 될 성싶었다.

소녀는 감을 보자기에 싸며,

"이래도 되는 거니?"

하고 물었다.

"또 감 사러 와."

눈이 맑고 예뻐 보이는 소녀는, 입가에 미소를 띠며 보드라운 손으로 감 보따리를 들고 마을 뒷길을 걸어 올라갔다.

다음 해 여름에 고등학교에 진학하였다. 급우들은 대부분 같은 중학교에서 함께 공부하던 친구들이었다.

날씨가 무더운 어느 날이었다.

국어 시간에 백제의 가요라는 「정읍사(井邑詞)」를 배우게 되었다. 국문으로 전하는 가장 오래 된 노래라고 하였다.

점심을 먹은 직후여서 졸음이 자꾸만 오는데, 늙은 선생님의 '달하' 하는 소리에 눈이 뜨였다. 별명이 '달님'이었던 소녀의 모습이 머리에 떠올랐다.

들하노피곰도두샤 / 어긔야머리곰비취오시라 / 어긔야어강됴리 /
아으다롱디리 / 져재녀러신고요 / 어긔야즌ᄃᆡ를드ᄃᆡ욜셰라 / 어긔야
어강됴리……

'돌'은 '달', '져재'는 '저자', '녀다'는 '가다', '즌ᄃᆡ'는 '진 곳'
이라는 뜻이었다. 그중 좋아하는 말은 '돌하' 곧 '달님이여'였다.

서울에 가을이 왔다.

어느 날 광화문에 있는 영어 서적 전문점에 들렀다. 책꽂이에
가득한 원서들을 보니 눈이 휘둥그레졌다. 우리 대학의 영국인
교수가 소개한 『달과 6펜스(The Moon and Sixpence)』라는 소설을
샀다.

주인공 찰스 스트릭랜드는 40대 가장이자 런던에 있는 증권 거
래소의 중개인인데도, 남태평양에 있는 타히티 섬으로 가서 아타
라는 원주민 처녀와 생활을 하며 그림에만 몰두한다.

그런데 스트릭랜드는 풍토병인 나병에 걸린다. 그런데도 심혈
을 쏟아 오두막의 온 벽면에 천지 창조의 그림을 그린다. 아타는
남편의 유언에 따라 오두막을 불태워 버린다.

나는 스트릭랜드의 광적인 예술혼과 저자인 서머싯 몸의 간결
체에 전율을 느꼈다. 표제의 '달'은 비범성을 상징한다.

눈이 퍼붓는 어느 날이었다.

대학교수인 친구와 영등포역 근처의 지에스 문고 영등포점에서
만나 한시에 관한 책을 찾다가, 정조(正祖) 때의 가정 부인 삼의당

(三宜堂) 김씨의 「추야월(秋夜月)」이라는 시를 읽게 되었다.

　一月兩地照

　二人千里隔

　願隨此月影

　夜夜照君側

　하나인 달은 두 곳을 비추나

　두 사람은 천리나 떨어져 있소.

　바라건대 저 달빛을 따라서

　밤마다 님 곁을 밝혀 주고 싶소.

기구의 '일월(一月)'이라는 구절이 일품이었다. 삼의당 김씨가
과거 공부를 하는 낭군을 그리는 시였다.

수필가인 나는 하현달이 좋다. 달이 마치 벗 같기 때문이다.

달빛이 안방을 환히 비추면, 아내는 나의 문운을 빌곤 한다.

[2002. 11 〈月刊文學〉 405호]

나의 산책 코스

세모의 어느 날, 미국 시카고에서 반도체 회사 연구원으로 일하는 아들이 집에 다니러 왔다. 거의 1년 만이다.

나는 다음 날 아침나절에 아들을 데리고 대문을 나섰다. 종로구 피맛길도 걷고 동작구 사육신공원도 둘러보는 산책길에 오른 것이다.

감나무가 있는 골목으로 들어섰다. 맥도날드 가게 앞 큰길로 나와 건너편 노량진역 2층 출입구까지 뻗어 있는 육교 계단을 올라갔다.

역사(驛舍) 옥상에 태극기가 보였다. 대합실로 해서 승강장으로 내려가 수원행 열차를 탔다. 남쪽을 향하여 가다가 두 번째 역인 신길에서 환승하여 광화문역에서 내렸다.

행인들을 따라 에스컬레이터를 타고 위로 올라가서 교보문고의 자동 회전문 안으로 들어갔다. 도시 한복판에 자리하고 있는 교보

빌딩의 지하에 온 것이다.

아들이 교보문고를 보고 눈이 커다래졌다. 그도 그럴 것이, 이 문고는 '사람은 책을 만들고 책은 사람을 만든다'라는 철학을 갖고 있는 국내 최대의 서점이다.

복도를 지나 외국어 학습서 매장에 들어섰다. 여자 점원이 '비즈니스 영어'라는 글씨가 붙어 있는 서가로 안내해 주었다. 서가에는 영문 편지에 관한 책들이 가득 차 있었다.

아들이 『英語書翰文作成法』을 꺼내 봄과 동시에 환성을 올렸다. 이 책은 내가 외무부에 근무하던 1979년에 공무원을 위해 쓴 것이다. 『英語書翰文作成法』에 실려 있는 서한들은 아내와 더불어 모았다. 4판 3쇄가 나왔다.

아들이 『영문편지 쓰는 법』도 꺼내 보았다. 아들이 교정을 본 이 책은, 내가 공직에서 퇴임한 후인 1995년에 일반인을 위해 펴낸 것이다. 초판 2쇄가 나왔다.

우리는 인파에 밀리며 동쪽 출입구를 향하여 걸음을 옮겼다. 아들이 고개를 숙이고 따라왔다. 책 한 권은 써서 세상에 남기라고 일렀다.

종로 출입문을 나서니, 날씨가 봄날같이 포근하였다. 길을 건너 피맛길로 들어갔다. 좁은 골목에 한식집들이 빽빽하게 들어섰다. 카메라로 맛집들을 배경으로 기념 사진을 찍었다.

조선 시대에는 지체가 높은 벼슬아치들이 종로에 행차하였다. 그런 때면 아랫사람들은 길가에 엎드려 머리를 조아려야 하였다.

그래서 번거로움을 피하기 위해 이 길로 다녔다.

아들을 데리고 단골인 '대림식당'으로 들어갔다. 테이블을 마주하고 앉아 아가씨에게 점심을 시켰다. 아들이 벽면에 적힌 영문 차림표를 보고는 빙그레 웃었다.

안주인이 외국인 여행객도 온다고 하면서, 백반과 참치구이와 콩나물국을 테이블 위에 늘어놓았다. 아들과 함께 구수한 생선구이를 피맛골에서 먹는 것은 이번이 처음이다.

지난번에 안주인에게서 기증받은 『나의 삶 나의 보람』이라는 30인 에세이집에 대해 그녀가 물었다. 가슴 뭉클한 감동을 느꼈다고 하였다.

강원도 산골 화전민의 아들이며 전 산림청 연구원인 대림식당의 김영락 사장은, 그 책에 「세상에서 가장 맛있는 생선구이」라는 제목의 글을 썼다.

그 글에는 "살기가 너무나 힘들어 아내와 밤마다 울던 어느 날, 아내가 파출부로 처음 출근한 집이 바로 지금의 대림식당이다." 라는 말이 나온다. 김영락 사장의 맛난 이야기의 한 토막이다.

아들과 함께 식당에서 나와 발길을 왼쪽 피맛길로 돌렸다. 저만치 추어탕 집 앞에 노인 한 분이 지팡이를 짚고 걸어오고 있었다. 건강하고 곱게 늙은 모습이다.

한일관 돌담길을 지나자 쉼터가 나왔다. 의금부(義禁府) 터라는 곳이다. 나목(裸木) 아래 아들과 나란히 앉았다. 큰길 건너편에 종로타워가 솟아 있고, 그 건물 앞 나무 위에 까치집이 보였다.

바로 코앞의 종각역 입구로 많은 행인이 드나들었다. 여기서 지하철을 타면 한강철교를 지나게 된다. 노량진역에서 내려 한강 쪽으로 조금 걸어가면, 사육신공원 정문이 나온다.

아들을 데리고 언덕길을 걸어 올라가 불이문(不二門) 안으로 들어갔다. 비각 안에 있는 '有明朝鮮國六臣墓碑'라는 신도비를 둘러보았다. 有明은 '명나라에 속한'이라는 뜻이다. 위패가 안치된 의절사(義節祠)에 분향하였다. 향연이 사당방에 퍼졌다.

아들과 더불어 잣나무가 우거진 언덕에 올라갔다. 볕이 든 '李氏之墓'라는 묵은 묘에 성묘를 하였다. 아들도 선조(先祖)의 무덤에 큰절을 하였다. 이 무덤의 주인공은 이개(李塏)이다.

남효온(南孝溫)이 지은 『육신전(六臣傳)』이라는 고서에 보면, 이개는 성삼문(成三問)과 함께 같은 날에 죽었다고 하였다. 이개는 함거(檻車)에 실려 갈 때 다음과 같은 시를 지었다.

禹鼎重時生亦大
鴻毛輕處死猶榮
明發不寐出門去
顯陵松柏夢中靑

하(夏)나라 보기처럼 중히 여겨질 때는 삶도 소중하지만,
홍모(鴻毛)처럼 경시되는 곳에서는 죽음이 오히려 영광이네.
새벽녘까지 잠을 이루지 못하다가 문을 나서니,

현릉(顯陵)에 있는 송백(松柏)이 꿈속에 푸르구나.

석양 무렵에 아들과 함께 노량진 역전 육교 위로 올라갔다. 차량들이 육교 밑을 분주하게 지나갔다. 명멸하는 차량들의 불빛이 마치 삶의 밝음과 어둠을 보여 주는 것 같았다.

큰길 가의 맥도날드 가게 앞을 지나서 오른편으로 발길을 돌렸다. 동네 초입에 들어선 것이다. 아들은 내일 이 길로 해서 선을 보러 간다.

[2003. 2 〈한국수필〉 120호]

5. 휴전선은 살아 있다

아우라지를 찾아서

영금정(靈琴亭) 해돋이

휴전선은 살아 있다

첫 눈

스위스 인터라켄

아우라지를 찾아서

나는 아우라지 푸른 물에 손을 담갔다. 물이 맑고 차갑다. 가운데는 깊어 보인다.

왼쪽 야산에 있는 아우라지 처녀상이 나의 거동을 보고 있을 것 같았다. 긴 댕기를 날리며.

강 건너 여량리 쪽에서 줄배 한 척이 노래를 싣고 떠오는 것이 보였다. 뱃사공이 배 안에 서서, 강 양쪽 둑에 매어 놓은 기다란 쇠줄을 잡아당기며 소리를 메기고 있다.

아리랑 아리랑 아라리요
아리랑 고개고개로 나를 넘겨 주게

뱃사공의 구성진 가락이 끝나자, 배 안에 앉아 있는 아낙네들이 소리를 받는다.

눈이 올라나 비가 올라나 억수 장마 질라나

만수산(萬壽山) 검은 구름이 막 모여 든다

애처롭고 끈질긴 저 소리가 바로 「정선아라리」로구나! 아리랑 노래들의 시원(始原)인 「정선아라리」를 아우라지에서 듣는 감흥이여! 내가 듣고 싶어 하던 토종 아리랑이여!

얼굴이 봄볕에 그을은 아낙네들이 나룻배에서 내렸다. 늙은 뱃사공이 우리를 보고 운수가 좋아서 「정선아라리」를 듣게 되었다고 말하였다.

내가 아리랑 노래를 삶의 화두로 삼게 된 것은 옛 외무부에 근무할 때인 1963년부터이다. 박정희 전 대통령이 지은 『우리 民族의 나갈 길』이라는 책을 읽은 것이 계기가 되었다. 그 책에는 다음과 같은 말이 나온다.

"그러면 우리 나라의 代表的인 노래 하나를 들어 소극적 체념이 고질화된 일단을 살펴보자. 그것은 '아리랑'이다. …… 西歐人 같으면 따라 나서든지 목을 매달고 못 가게 할 것인데 '十里쯤 갔다가 돌아오길 바랄' 정도로 그리우면서도 말 못하는 나약함을 잘 나타냈다."

사돈과 함께 자갈밭을 걸어 올라가다가 송천(松川)이라는 개울에 놓여 있는 징검다리를 건넜다. 봄 가뭄 때문인지 물이 적은 편이다.

　이윽고 야산으로 올라갔다. 손으로 옷고름을 말아 쥐고 솔바람에 치마폭을 휘날리며, 강 건너 여량리를 바라보는 아우라지 처녀상이 애절해 보였다.

　아우라지 처녀상 위쪽의 노송 옆에는 「정선아라리」의 구절이 새겨진 '아우라지 비(碑)'도 있었다. 아우라지 처녀상이 노래의 주인공이란다.

　　아우라지 뱃사공아 배좀 건네 주게
　　싸리골 올동박이 다 떨어진다

　　떨어진 동박은 낙엽에나 쌓이지
　　잠시잠깐 님 그리워 나는 못살겠네

　아우라지는 '어우러진다'라는 말에서 나온 것이란다. 아우라지 처녀상 앞이 구절리 쪽에서 내려오는 송천과 임계면 쪽에서 흘러오는 골지천(骨只川)이 어우러지는 데이다.

　뱃사공에 따르면, 송천은 물살이 힘차고 빨라서 숫물이라 부르고 골지천은 물살이 순하고 느려서 암물이라 부른단다.

　정선 두메산골의 정한이 담긴 「정선아라리」는 아우라지에서 떠나는 뗏목에 실려 일천 리 남한강을 따라 떠내려갔다.

아리랑 아리랑 아라리요

아리랑 고개로 넘어간다

나를 버리고 가시는 님은

십리도 못 가서 발병 난다

이 노래가 담고 있는 정서를 내가 절실히 느낀 것은 1980년 가을의 일이었다. 그 당시 미국 마이애미 주재 총영사관에 교민 담당 영사로 근무하고 있었다.

볕이 따뜻한 어느 날, 나는 남부한국인부인회가 여는 야유회에 참석하게 되었다. 남쪽 지방에 사는 한국인 부인들이 홈스테드 시의 베이프론트 공원에 모인 것이다.

그들은 잔디밭에 모여 앉아 점심을 먹으며 한국 노래를 하였다. 고향이 의정부라는 젊은 부인이 딸인 듯한 흑인 혼혈아를 품에 안고 「아리랑」을 불렀다.

부인이 청아한 목소리로 부르는 「아리랑」은 그늘이 있는 사랑의 소리요 간절한 소망의 유로(流露)였다. 그리로 다가가 아이를 가수로 길러 보라고 했더니, 눈시울을 적셨다.

그 후 20여 년이 지났다.

아우라지 처녀상과 작별을 하고 아래로 내려갔다. 징검다리를 건너니, 또 오고 싶은 생각이 들었다.

사돈에게서 정선 뗏목에 얽힌 이야기를 들으며 아래쪽의 다리를 건너 남면으로 차를 달렸다. 「정선아라리」의 발상지라는 거칠

현동(居七賢洞)도 찾아 보기 위해서다.

　푸른 골짜기로 난 포장 도로변에는 감자가 싱싱하게 자라고 있
었다.

[2003. 6 〈한국수필〉 122호]

영금정(靈琴亭) 해돋이

　새벽에 아내와 나는 방파제를 거닐며 바다를 바라보았다. 동해 수평선 위에는 먹구름이 끼었다. 가슴을 죄며 해돋이를 기다렸다.

　검푸른 바다 위에 오징어잡이 어선들의 불빛이 보였다. 조금 더 기다리자 수평선 위로 노란 해가 솟았다가 구름 속에 파묻혔다. 구름장이 어찌나 까만지 햇빛이 새지 않는다.

　해돋이를 제대로 보지 못한 것을 서운히 여기며 동명활어판매장 쪽으로 걸음을 옮겼다. 어느새 모여들었는지 낚시꾼들이 바다에 낚싯줄을 던지고 있었다. 해돋이 무렵에 고기가 많이 낚인다는 것이다.

　동명활어판매장 앞길을 지나 관광버스가 기다리는 맞은편 건어물 상가로 나왔다. 마른 오징어며 창란젓이며 속초항의 특산물을 구경하는데, 뒤에서 아내가 불렀다.

　저것 보라며 가리키는 데를 바라보니, 둥그런 햇덩이가 영금정

(靈琴亭)이 있는 야트막한 석산과 수산물 상회 사이에 끼어 있지 않은가. 불그스름한 해의 모습이 수줍어 보였다. 해님이 아침 화장을 한 것 같았다.

나는 박두진의 「해」라는 시에 나오는 '고운 해'가 머리에 떠올랐다. 그러나 곧 사라지고 말았다. 또 이탈리아의 「오 나의 태양(O Sole Mio)」이라는 칸초네에 나오는 '밝은 해'가 연상되다가 없어지더니, 전하린의 「겨울산」이라는 동시에 나오는 '아침해'가 생각났다.

겨울산이 / 너무 추워 / 해를 먹었다 / 꽁꽁 언 배 / 아이 따뜻해 /

겨울산이 / 배불러 / 해를 토했다 / 겨울산 위 아침해

이틀 전의 신문에 난 작품이다. 전하린은 초등학교 2학년생이다. 나는 '산' 대신에 '바다'를 넣어 읊었다.

관광버스 안내양이 우리 관광객들을 '해돋이식당'으로 안내하였다. 매운탕 전문집이었다. 아내와 나는 흰밥과 산나물과 생선 매운탕을 맛있게 먹었다.

버스로 우리 일행이 속초의 서쪽 언덕을 넘어 설악산 매표소 초입에 도착하니, 해가 중천에 떠 있었다. 눈부시게 이글거리는 것이 의젓한 모습이다. 저쪽에 정좌하고 계신 대불상도 햇빛이 좋으신 표정이다.

밤새 버스로 오느라고 고단한데도, 우리 내외는 해를 벗삼아

골짜기로 난 산길로 들어섰다. 단풍이 물든 오름길을 걸어서 산꼭대기에 다다르니, 마음이 상쾌하기 그지없었다.

금강산 가는 길에 하룻밤을 쉬었던 설악산이 괜찮을 성싶어서, 지금의 자리에 머물게 되었다는 울산바위가 불그스름한 치마를 두르고 있는 것 같았다. 업어 주고 싶은 마음이 들었다.

산을 내려와 주차장에 이르니, 일행이 버스 안에서 기다리고 있었다. 안내양은 우리들을 인근 마을에 있는 '고향마을'이라는 식당으로 안내하였다. 호박국과 배추 겉절이가 밥맛을 돋우어 주었다.

관광객들은 버스를 타고 속초항 활어 판매장에 들렀다. 안내양은 횟집 아주머니 중에는 너울에 어부인 남편을 잃은 사람이 많다고 하였다. 손님들이 매상을 올려 주면 좋겠다고 덧붙였다.

안내양이 목로술집 같은 횟집을 우리에게 소개해 주었다. 눈에 생기가 넘쳐 보이는 중년 아주머니가 방어회 두 접시와 초고추장을 들고 들어왔다. 가을철 방어는 기름기가 있고 고소하다고 하였다. 우리는 맛깔스러운 방어회 맛에 반하였다.

횟집 벽면에는 크레파스로 그린 해돋이 그림이 붙어 있었다. 왼쪽 바다 위에 영금정 해돋이 정자가 있고, 물 밖에는 노란 해가 둥실 떠 있으며, 해 주변에는 꽃잎 모양의 불그레한 햇빛이 죽죽 그려져 있다. 또 물 위로 고기들이 머리를 내밀고 해를 보고 있다.

초등학교에 다니는 아들이 그림을 그렸다고 아주머니가 말하였다. 아내는 어린 화가의 물고기 그림에 감탄을 금치 못하였다.

영금정 해돋이의 진경(眞景)을 본다고 하였다.

　나는 그림을 보자, 반 고흐의 풍경화가 연상되었다. 그가 그린 「노란 보리밭과 측백나무」, 「밤의 카페 테라스」, 「석양의 버드나무」, 「고흐의 노란 집」에 담긴 노랑은 생명력을 뜻한다.

　우리는 맞은편 상가 앞에서 일행과 버스를 타고 속초를 떠나 미시령으로 향하였다. 귀경길에 오른 것이다. 창밖을 바라보니, 만산홍엽이 어둠에 묻히고 있었다.

(2003. 10)

휴전선은 살아 있다

아내와 함께 철의 삼각 전망대로 들어갔다. 브리핑실에는 지형 모형판이 있었다. 창문으로 신록이 보인다.

우리는 객석에 나란히 앉았다. 곧 제대 군인이 들어와서 우리 일행에게 모형을 설명해 주었다. 모형 왼쪽에는 말이 누워 있는 모습인 백마고지가 있다.

나는 창문 밖에 동서로 쳐진 철조망을 보며, 육군을 제대한 지 40여 년 만에 전방 생활을 돌이켜 보았다.

토요일 밤에 박 중사가 집에 오니, 아내가 남폿불 밑에서 털실로 아기 양말을 뜨고 있었다. 밖에서는 찬바람이 문풍지를 울렸다.

"여자하고 사는 것이 이처럼 좋을 줄은 몰랐네."

박 중사가 말했다.

"그게 정말이에요?"

아내가 대답하였다.

박 중사가 세 들어 사는 초가집은 전방에서 2마일쯤 떨어진 마을에 있었다. 산간 마을의 겨울날은 몹시 춥고 빨리 어두워졌다.

"여자하고 사는 것이 이렇게 즐거울 줄은 처음 알았어."

박 중사가 큰소리로 말했다.

"바보 같은 소리 말아요."

아내가 웃었다.

박 중사는 아내의 불룩한 배를 조심스레 만져 보았다. 아기가 노는 것 같았다. 기뻐서 가슴이 두근거렸다.

일요일 아침이 되었다. 박 중사는 늦잠을 잤다.

"식기 전에 어서 드세요."

아내가 조반상을 들고 들어오며 말했다. 잡곡밥과 콩나물과 된장찌개 그리고 김치가 상 위에 놓여 있었다.

음식이 좋았으나 임신부에게는 자양이 충분한 것이 아니었다. 그러나 박 중사의 봉급을 생각하면 성찬이었다.

오후에 김 중사가 찾아왔다. 이웃에 살며 박 중사 중대의 대원이었다. 김 중사와 박 중사 부부는 북한 출신이었다.

두 중사는 집을 나섰다. 마을을 지나 비포장도로로 나왔다. 길이 빙판이 져 있었다. 전방 가는 지름길인 산길로 들어섰다. 산허리에 있는 중대 본부에서 불빛이 새고 있었다.

박 중사는 다음 날 아침 산마루에 있는 관측소로 올라왔다. 관목으로 둘러싸인 관측소는 토치카 진지였다. 전방에 비무장 지대 남방 경계선을 따라 설치된 철조망이 있고, 철조망 너머에 산등이 벗겨진 백마고지가 있으며, 고지 너머 멀리에 북한의 낙타고지가 있었다.

"박 중사는 백마고지서 싸운 적이 있지요?"

윤 대위가 옆에 서서 물었다. 윤 대위로 말하면 육이오 전쟁 당시에 싸운 고참 장교였다. 고향이 경기도 평택이었다.

"예, 있습니다."

박 중사가 대답했다.

"철원 평야 좀 보시오. 부서진 건물들의 벽에 난 구멍들이 성벽의 총안 같습니다."

쌍안경으로 북한측을 관찰하던 송 중위가 말했다. 그는 며칠 전에 화기 소대장으로 부임한 엘리트 장교였다.

"예, 동감입니다. 철원 평야 북쪽에 있는 야트막한 산이 백마고지입니다. 그 너머에 군사 분계선 즉 휴전선이 있습니다."

박 중사가 덧붙여 말했다.

이튿날 아침에는 중대 본부 뜰과 산간 지역에 눈이 내렸다. 그해 들어 첫눈이었다. 관측소로 올라가는 산길과 참호가 눈에 덮였다. 박 중사는 병사들과 함께 눈을 치웠다.

수요일 저녁에 박 중사는 휴가를 얻어 집으로 향했다. 첫 출산을 앞둔 아내를 걱정하지 않을 수 없었다. 집에 도착하니 아내는 남폿불 앞에서 육아에 관한 책을 읽고 있었다. 윗집에서 빌린 것이라고 하였다. 표지에는 유아 그림이 있었다.

"관인으로 이사 가요."

아내가 말하였다. 관인은 남쪽으로 수 마일 떨어진 곳에 있는 작은 도시였다. 그곳에는 상점도 있고 병원도 있고 교회도 있었다.

박 중사가 집에 온 지 사흘째 되는 날 아침이었다. 관인으로 이사를 가기 위해 박 중사 부부가 짐을 꾸리고 있는데, 문 밖에서 장정의 목소리로,

"박 중사님 계십니까?"

하는 소리가 들려 왔다.

박 중사가 방문을 열어 보니, 중대 사무원인 이 상병이었다. 무슨 일로 왔느냐고 물어 보자, 그가 다급히 대답했다.

"간밤에 북한 인민군이 휴전선을 넘어와 비무장 지대 남측 구역의 우리 순찰병을 향하여 총을 쏘았습니다. 비상이 걸렸습니다."

박 중사는 이 상병과 함께 중대 본부에 돌아왔다. 낮에는 관측소에서 쌍안경으로 철조망을 살폈다. 밤에는 부하들과 함께 참호 순찰을 돌았다. 눈이 날마다 내렸다.

어느 날 오후 중대장이 관인에 출장을 가게 되었다. 참호를 점검하던 박 중사는 그 기회를 잡아 집으로 발길을 돌렸다. 산간의 살을 에는 바람이 근무 태만자의 얼굴을 때렸다.

그는 해질녘에 집에 도착하여 사립문을 밀고 마당으로 들어섰

다. 이웃집 할머니가 부엌에서 나와 빙그레 웃으며,

"마님이 애기를 낳아요."

하고는 방으로 들어갔다.

박 중사는 부엌에 들어가 풍로에 숯불을 피웠다. 미역국을 끓이며 어린아이가 방안을 기어다니는 모습을 그려보았다.

바로 그때였다. 아내의 신음소리가 났다. 박 중사는 가슴이 철렁 내려앉았다. 할머니의 비명이 들려 왔다. 방문을 열고 급히 들어갔다.

그랬더니 아내가 창백한 얼굴을 하고 까무러쳐 있었다. 방바닥에 선혈이 낭자하고 갓 태어난 아기는 숨져 있었다. 박 중사는 울부짖으며 아내의 목을 껴안았다. 아무런 반응이 없었다.

박 중사와 할머니는 그녀를 안고 밤새껏 흐느꼈다.

다음 날 아침에는 함박눈이 내렸다. 부음 소식을 접한 마을 사람들은 뒷산에 무덤을 파고 박 중사의 아내와 아기를 합장하였다. 봉분이 곧 하얀 눈으로 덮였다.

박 중사는 무덤 앞에 꿇어앉아 흐느끼며 아내에게 짧지만 행복한 생활을 했다고 고마워하였다. 또 아기에게 좋은 아빠가 되지 못하여 미안하다고 하였다.

오후에는 관측소로 돌아왔다. 박 중사는 가족들의 죽음을 슬퍼할 여유가 없었다. 순찰을 돈 다음 쌍안경으로 철원 평야를 살펴었다.

파괴된 건물들이 눈에 덮여 있었다. 그 전쟁의 상흔들, 특히 벽에 뻥 뚫린 구멍들이 해골의 눈구멍 같았다. 햇빛을 받아 빛나는 것이 평화로워 보였다.

다음 날 오전에 이 상병이 관측소에 와서 곧 제대하게 되었다고 말했다. 서울에서 대학 공부를 계속하게 된다고 하였다.

"이 상병, 자네는 무엇을 배웠나?"

박 중사가 물었다.

"휴전선은 살아 있습니다."

"말을 잘 했네. 서울에 가거든 실상을 좀 알려 주게."

"그렇게 하겠습니다."

"휴전선은 살아 있다고 말해 주게."

이 상병은 '나'다. 박 중사가 보고 싶구나! 아직 살아 있으면 여든 살이 넘었겠다.

[2003. 11 〈수필문학〉 158호]

첫 눈

아침에 일어나 창문을 여니, 하얀 눈이 소리 없이 내리고 있다. 금년 들어 첫눈이다. 하늘에서 눈송이가 날리는 것을 보자, 무한한 친근감을 느낀다.

나는 현관문을 열고 마당으로 나왔다. 목화송이같이 탐스러운 함박눈이 머리와 어깨 위에 앉았다. 눈송이를 손바닥에 받았다. 눈송이가 금방 녹아 버렸다.

돋보기를 꺼내 들고 담장 밑에서 눈을 맞고 있는 사철나무로 다가갔다. 나뭇잎에 돋보기를 대고 눈송이들을 살펴보았다. 눈의 결정은 여섯 개의 각을 가진 별 모양을 하고 있었다. 각의 형태가 갖가지 나뭇잎처럼 생긴 것이 그렇게도 섬세하고 아름다울 수가 없었다. 눈의 결정은 하늘이 도안한 조형 작품이다.

내가 눈송이에 흥미를 갖게 된 것은, 동인지인 〈白眉文學〉 창간호에 수필을 발표하던 1995년 여름부터 일지에 맑음과 구름과 비와 눈 따위 날씨도 쓰기 시작한 것이 동기였다. 직장에 다녔을 때에는 일지에 용무와 약속 시간만을 적었던 것이다. 날씨 같은 것에 아랑곳하지 않고.

조반을 먹고 창밖을 내다보니, 집집마다 지붕에 하얀 눈을 이고 있다. 아침 신문을 펼쳐 보니, 첫눈이 내리는 날 20대 젊은이들이 선망의 눈길을 보내는 장면은, 벽난로에 불을 지핀 카페에 연인과 앉아 창밖에 내리는 눈을 바라보며 영화 「러브스토리」의 주제가를 듣는 것이라고 씌어 있다. 이 영화의 주제가는 「눈싸움(Snow Frolic)」이다. 비를 들고 대문 밖으로 나갔다. 눈이 내리는 아침 풍경을 보니, 어린 시절이 떠오른다.

시골에서 할아버지 할머니의 귀염을 받으며 자라다가 어느 해 4월에 읍내에 있는 국민학교에 들어갔다. 그 해 11월 어느 날 아침이었다. 책가방을 메고 신작로로 나서자, 눈이 내리기 시작하였다. 기억 속의 첫눈이었다. 눈송이를 입으로 받아 먹으며 걸었다. 그날의 내 모습이 눈앞에 선하다.

국민학교 5학년에 다니던 때에는 이런 일도 있었다. 그러니까 해방되던 해 동짓달 어느 날 밤이었다. 그날 밤에는 사랑방에서 머슴인 정 서방한테서 옛날 이야기를 듣다가 잠이 들었다. 잠결에 어디선가 눈이 밟히는 소리가 귓가에 맴돌았다. 눈을 떠보니 동네 어귀 쪽에서 나는 소리였다. 잠시 후에 웬 어린이들이 크리스마스 캐럴을 부르는 소리가 들려 왔다. 처음 들어 보는 성가였다. 그 인적 소리가 잊혀지지 않는다.

그 후 청년이 된 나는 제2공화국 시절인 1961년 1월 초에 외무부에 들어갔다. 서울시 태평로 1가 18번지쯤에 자리하고 있었다. 어느 날 저녁 무렵에 함박눈을 맞으며 인근 동아일보사 앞을 지나서 횡단 보도를 건넜다. 어떤 순경이 엄동 설한의 세종로 네거리에서 신호등을 켜고 있었다. 그 순경의 의젓한 손짓이 지금도 생각난다.

내가 조선 순조 때의 방랑 시인인 김삿갓의 「설경(雪景)」이라는 시를 읽은 것은 1997년의 일이었다. 외교관직을 접은 지 5년째 되던 해 봄에 청계 6가에 있는 헌책방 거리에서 산 김삿갓 시집에 그 시가 들어 있었다.

飛來片片三月蝶
踏去聲聲六月蛙

날려 오는 눈송이는 3월 나비 형상이요,
눈 밟히는 소리는 6월 개구리 소리로다.

나는 '눈송이 형상'과 '눈 밟히는 소리'의 표현이 마음에 들었다. 그 시를 처음 대했을 때에는 '3월 나비 형상'이라는 말이 좋더니, 나이를 먹어 갈수록 '6월 개구리 소리'라는 말에 마음이 쏠렸다.

세기가 바뀌어 2000년의 봄이 되었다. 우리 부부는 스위스 인터라켄 오스트 역에서 산악 열차를 타고 유럽의 지붕이라는 융프

라우요흐에 올랐다. 융프라우는 독일어로 '처녀봉'이라는 뜻이었다. 높이가 해발 3,571미터인 스핑크스 전망대에서 눈 덮인 알프스의 영봉들을 바라보니, 지상에서 가장 높은 설경을 보는 것 같았다. 산정에 쌓인 숫눈도 밟았다.

이듬해 7월에는 백미문학 문우들과 더불어 관광버스를 타고 김삿갓의 유적이 있는 영월로 향하였다. 하동면(下東面) 와석리(臥石里)에 있는 마대산 계곡 입구에서 내려 산길을 걸어 올라갔다. 중턱에 이르러 오른쪽 계곡을 건너가니 김삿갓의 무덤과 '蘭皐 金炳淵之墓'라는 묘비가 있었다. 방랑 시인의 무덤에 고개를 숙이고 명복을 빌었다.

점심 무렵이 되니 눈이 그치었다. 아내와 함께 동네 슈퍼마켓에 가서 라면을 사 왔다. 눈이 오는 날이면 라면을 끓여 먹기를 좋아한다. 저녁에는 일지 첫머리에 '첫눈'이라고 적었다. 첫눈치고는 대설이다.

(2004. 1)

6. 안개 낀 노량진역

자금성 앞

새터 동요

청주의 북쪽 자락에 있는 주성동(酒城洞) 새터는 내가 태어나 자란 곳이다. 그 시절에는 주성동을 수름재라고 불렀다.

우리 동네 새터 동네 열여섯 집이
마음을 합하여서 나아갈 우리들
동쪽에는 모래재 남쪽에는 우암산
바다 없는 충청북도 신대부락일세

내가 동무들과 이 동시를 지은 것은 해방이 되던 해인 1945년 초가을의 일이었다. 우리 소년들은 동네 길을 고치며 이 동시를 「희망가」라는 곡에 맞추어 불렀다.

우리들은 국민학교 5학년생이었다. 해방의 기쁨이 솟구쳐 올랐던 우리들은, '신소년'이라는 동아리도 만들고 「새터 동요」라는 노래도 지었다. 맞춤법도 모르면서.

우리 집은 야트막한 산 아래 있었다. 멀리 모래재가 내다보이는 기역 자형의 위채와 일자형의 아래채로 된 초가였다. 사랑은 위채에 있었다. 아래채에 외양간도 있었다. 대문이 북향으로 나 있었다.

바깥마당 가에는 늙은 감나무가 감을 많이 달고 서 있었다. 할아버지가 자손들을 위해 심었다고 하였다. 할아버지는 해방 이전에 돌아가셨다. 감나무는 추위에 약해서 겨울철에는 아버지가 밑동을 볏짚으로 싸 주었다.

이듬해 봄 버들가지에 물오를 무렵에, 우리 형제들은 아버지와 함께 감나무 주변에 고랑을 만들고 거름을 주었다. 감나무는 초여름에 담황색 꽃을 피웠다. 할머니는 감꽃을 주워 입에 넣고 오물거렸다.

녹음이 짙어 가니, 동네 처녀들이 감나무 아래 모여 앉아 뜨개질을 하며 「새터 동요」를 불렀다. 그런 때면 청년들은 김매기를 멈추고 감나무 그늘에 와서 땀을 식혔다.

텃논에는 질구샘이라는 둠벙이 있었다. 물가에는 버드나무가 파수꾼처럼 서서 가지를 길게 늘어뜨리고 있었다. 수심이 얕았으나 모래가 깔린 바닥에서는 사시 장철 맑은 물이 솟아 도랑으로 흘러서 인근 논과 서쪽 들녘을 흥건히 적시었다.

어른들은 밤에 물꼬를 보는 김에 질구샘에 들러 웃통을 벗고 등목을 하였다. 샘물이 여름에는 차갑고 겨울에는 따뜻하였다.

어쩌다가 샘에서 여자들의 목소리가 들려오면, 어른들은 개울둑에 앉아서 '에헴' 하고 소리를 내거나 「새터 동요」를 흥얼거렸다.

가을 오자, 감나무 잎 사이로 붉은 감들이 모습을 드러내었다. 동생들은 날마다 새벽녘에 소를 일으켜 바깥마당에 매어 놓고, 감나무 아래로 가서 홍시를 주웠다. 감꼭지에 벌레가 먹으면, 감이 연하게 되어 떨어지는데 그 맛이 기막히게 달았다.

나는 학교에서 돌아오면 대나무 전지부터 찾았다. 노을에 물든 감나무에 올라가, 전지 위쪽의 새 부리처럼 쪼갠 곳에 감이 달린 가지가 끼게 하고 전지를 돌려서 부러진 가지의 감을 따며 「새터 동요」를 불렀다. 딴 감은 곳간에 곡식을 채우듯이 망태기에 넣었다.

우리 집은 감을 접으로 팔아서 학비에 보태기도 하였고, 따뜻한 소금물에 밤새껏 담가서 떫은맛을 없애고 먹기도 하였다. 또 껍질을 벗기고 햇볕에 말렸다. 얼추 말랐을 때에는 타원형으로 매만져 놓았다. 시설(枾雪)이 생긴 곶감은 귀엽기가 그지없었다.

겨울철에 먹을 감은 뒤뜰 장독 안에 볏집을 깔고 차곡차곡 넣어 두었다. 감이 겨울에 독 안에서 얼었다 녹았다 하면, 떫은맛이 사라졌다. 연시는 여름에 가게에서 파는 아이스 케이크보다 차가웠다.

눈에 덮인 초가지붕에 볕이 들자, 처마 끝에 고드름이 달렸다. 소년들은 썰매를 들고 텃논 얼음판에 모였다. 그 길로 썰매를 신나게 타며 「새터 동요」를 불렀다. 방학 숙제 따위에도 아랑곳하지 않고.

　설달 밤이 되니, 소년들이 사랑에 놀러 왔다. 우리들은 등잔불 밑에서 홍백으로 편을 가르고 윷놀이를 하였다. 어머니가 소쿠리에 감을 담아 가지고 들어왔다. 우리들은 찬 연시를 맛있게 먹었다. 연시는 어머니의 젖꼭지처럼 부드러웠다.

　그 후에 우리들은 읍내에 있는 중학교에 가면서부터 놀 시간도 「새터 동요」를 부를 기회도 적어졌다. 이웃에 살던 대원이는 육이오 전쟁 때에 북한 인민군에게 끌려갔다. 아랫말 명호네는 내가 서울에서 대학 3학년에 다니던 해 가을에 읍내로 이사하였다.

　세월이 흘러 이제는 「새터 동요」를 알고 있는 사람은 서울에 살고 있는 나뿐이다. 아, 새터 동네여!

[2004. 2 〈한국수필〉 126호]

안개 낀 노량진역

이윽고 한강철교를 건너는 열차 소리가 뚝 그쳤다. 조금 있자, 차창 밖으로 '鐵道始發地'라는 석비가 내다보인다.

나는 이번 역인 노량진역 4번 승강장에서 내렸다. 역한 냄새가 코를 찔렀다. 철로 건너 노량진 수산시장에서 풍겨 오는 비린내이다.

손님들이 서둘러 열차에 올랐다. 거의 모두 학생들이었다. 역전에는 학원이 많다. 열차가 떠나는 것을 보니, 전차를 타고 대학에 다니던 시절이 생각난다.

눈앞 전광판에 '열차가 잠시 후 도착합니다'라는 불빛이 들어왔다. 인천행 열차가 도착하였다. 승객들이 많이 내렸다. 아내의 모습이 보이지 않았다.

내가 손목시계를 보니 5시가 넘었다. 날씨가 추운데도 승강장 의자에 앉아 아내를 기다렸다. 제기동 약령시에 있는 한약국에 다니는 아내가 올 시간이다.

열차가 와서 승객들을 내려놓았다. 수원 가는 열차였다. 객차 바깥벽에 소년과 소녀가 웃고 있는 그림이 붙어 있었다. 마지막 칸에는 여차장이 웃는 모습도 눈에 띄었다.

뿌연 안개가 노량진 수산시장 지붕 위까지 끼었다. 그 너머 북쪽에 우뚝 서 있는 63빌딩에도 안개가 끼어 있어서, 빌딩 유리창에 켜진 불빛들이 희미하게 보였다.

인천행 열차가 와서 승객들을 내려놓았다. 아내의 얼굴이 보이지 않았다. 청년 하나가 젊은 여성에게 '너는 상행선 나는 하행선' 하고 웃으며 열차에 올랐다.

노량진 수산시장 지붕 너머에 63빌딩의 자태가 또렷이 나타났다. 밤하늘에 빛나는 고층 빌딩의 불빛들을 바라보니, 아내 걱정도 가시는 것 같았다.

마이크에서 수원 가는 열차가 들어온다고 하기에 벌떡 일어섰다. 열차가 달려와서 승객들을 내려놓았다. 아내의 모습이 눈에 띄지 않았다.

플라스틱 의자에 도로 앉았다. 다리가 시려 왔다. 온몸에 소름도 끼쳤다. 앉은 의자가 차갑기 짝이 없었다. 안개가 끼었기 때문이다.

눈이 커다랗고 코가 오똑한 외국인이 한국인 아가씨와 함께 옆에 와서 앉았다. 영어 학원 원어민 강사라고 하였다. 그들이 앉은 의자가 따듯해 보였다.

마이크에서 인천 가는 열차가 들어온다는 소리가 들려 왔다.

열차가 도착하는데, 보니 객차 바깥벽에 태극기 그림이 붙어 있었다. 손님들을 태우고 떠나는 모양이 마치 태극기를 흔들어 보이며 가는 것 같았다.

나는 13년 전인 1990년 4월 초순에 아시아나 항공의 1번기가 날개에 태극기를 그려 넣고 일본 센다이(仙臺) 공항에 착륙하던 모습이 불현듯 연상되었다. 손님들을 태우고 서울로 날아가는 광경이 흐뭇하기 그지없었다.

그로부터 3년 가까이 시간이 흐른 1993년 3월 하순, 미야기 현(宮城縣) 지사 부인이 중학생인 두 아들을 데리고 우리 집에서 하룻밤을 묵었다. 아내가 정중히 초대했던 것이다.

그날 저녁 나는 혼마(本間) 지사의 사진이 실린 서울편의 첫 취항에 관한 신문 기사를 부인에게 보여 주며, 서울 센다이 간 항공로 개설을 추진해 준 데 감사하였다.

그러자 부인은 우리 집 안방의 장판을 만져 보며, 그 당시에 센다이 주재 총영사였던 내가 항공로 개설을 위해 수고를 했다고 하였다. 또 우리 부부를 만나게 되어 기쁘다고 하였다.

수원 가는 열차가 와서 승객들을 내려놓았다. 저만큼 승강장에 할머니 한 분이 있었다. 아내인 줄로 알고 다가갔더니 딴 노인이다.

아내가 장바구니를 들고 집에 갔을지도 모른다는 생각이 들었다. 따뜻한 안방을 그리며 역전으로 나왔다. 손이 허전함을 느끼며.

[2004. 2 〈文學空間〉 171호]

퇴 고

나는 '퇴고(推敲)의 고사(故事)'를 좋아한다. 중국 송(宋)나라의 계유공(計有功)이 찬한 『당시기사(唐詩紀事)』라는 책에 나온다. 퇴고란 글을 다듬는 일을 말한다.

나는 노경(老境)에 들어서야 독서의 즐거움을 깨달았다. 시문(時文)을 읽고 나서 눈에 든다고 생각한 글이면 몇 번이고 읽는다. 더욱이 평안(評眼)을 가지고 읽는 것이다.

개화기의 선각자인 유길준(兪吉濬)에게는 우리 나라 최초의 국한문 혼용체 도서요 서양 문물 소개서인 『서유견문(西遊見聞)』이라는 저서가 있다. 이 책의 서문에 이런 구절이 나온다.

"俗語를 務用ᄒ야 其意를 達ᄒ기로 主ᄒ니……."

속어를 쓰기에 힘썼다는 말이다. 유길준이 우인에게 『서유견문』

을 보여 주고 비평을 청했을 때, 우인은 우리글과 한자의 혼용은 문장가의 궤도를 벗어난 만용이라고 하였다. 그도 선각자였더라면 찬사를 보냈을 것이다.

지난 1985년에 국일문학사에서는 한용운 외 작가 27인의 산문을 모은 『韓國의 隨筆』이라는 책을 펴냈다. 그중의 한 사람인 한흑구의 「보리」라는 글에 보면 다음과 같은 구절이 있다.

"어느덧 갯가에 서 있는 수양버들이 그의 그늘을 시내 속에 깊게 드리우고, 나비들과 꿀벌들이 들과 산 위를 넘나들고, 뜰 안에 장미들이 그 무르익은 향기를 솜같이 부드러운 바람에 풍겨 보낼 때면, 너, 보리는 고요히 머리를 숙이기 시작한다."

나는 보리가 고개를 숙이는 것을 본 일이 없다. 국문 학자인 구인환 박사가 엮은 『중학생이 알아야 할 수필』이라는 책에는 한흑구의 작품에 대한 해설이 있다. 그런데 보리에 대한 풀이가 없다.

국사편찬위원회에서 편찬한 1996년 『고등 학교 국사(하)』의 「근대 사회의 발전」 편에 보면, 다음과 같은 말이 나온다.

"조선이 서양 여러 나라와 맺은 최초의 조약인 조 · 미 수호 통상 조약에서는, 양국 중 한 나라가 제3국의 압박을 받을 경우에 서로 돕고 거중 조정을 한다고 규정하였다."

조선과 미국이 상호 원조 조약을 맺었다는 소리다.

또 박동진 전 외무부 장관이 2001년 〈외교〉 10월호에 기고한 「朝鮮策略 이후」라는 글에는 이런 말도 있다.

　"여기서 한 가지 주목할 점은 조미 수호 조약은 제1조가 양국의 국가 안보를 위한 상부 상조에 대해 언급했다는 사실이고 이 고귀한 정신은 …… 한미 상호 방위 조약에 확대 반영되었다고 볼 수 있으며 현재의 주한 미군은 미국의 대한 방위 공약의 구체적 표현이다."

조미 수호 통상 조약의 상부 상조 조항이 인연이 되어 한미 상호 방위 조약을 맺게 되었다는 소리다.

'서로 돕고'와 '상부 상조'는 조미 수호 통상 조약의 화문본(華文本)에 나오는 '必須相助'를 지칭하는 말이다. 영문본에는 그런 말이 없다.

교과서의 조미 수호 통상 조약에 대한 설명은 '조약에서는 양국 사이에 영원한 평화와 우호가 유지되어야 한다[各皆永遠和平友好]고 규정하였다'라는 말로 바꾸면 어떨까.

시판중인 국립국어연구원의 초판 2쇄 『표준국어대사전』에는 퇴고라는 말이 생기게 된 사연이 다음과 같이 씌어 있다.

　"당나라의 시인 가도(賈島)가 '僧推月下門'이란 시구를 지을 때 '推

를 '敲'로 바꿀까 말까 망설이다가 한유(韓愈)를 만나 그의 조언으로 '推'로 결정하였다는 데서 유래한다."

그 당시 한유(韓愈)는 경윤(京尹) 벼슬을 지내던 대문장가였다. 경윤은 가도(賈島)에게 '推'보다 '敲'가 좋다고 말하였다. 위의 '推'는 '敲'로 고쳐야 한다.

나는 소품 한 편을 퇴고하는 데 통상 1년이 걸린다. 문예지에 작품을 실은 이후에도 고치기를 한다. 이런 즐거움이 어디 있으랴.

[2004. 7 〈수필문학〉 165호]

신륵사(神勒寺)

아내와 함께 신륵사(神勒寺) 매표소 앞에 서자, 젊은 비구니가 〈그대 어디서 오는가〉라는 팜플렛을 주며 그냥 들어가라고 하였다. 우리는 경로 우대 대상자이다.

오른쪽 입구에서는 인부들이 가을 햇볕에 그을리며 일주문(一柱門)을 짓고 있었다. 우리는 법당을 향하여 걸음을 옮겼다. 왼편에는 나지막한 봉미산(鳳尾山)이 있고, 바른편에는 남한강 상류인 여강(驪江)이 흐른다.

사찰에 관한 글에 보면, 이 길이 수미산 가는 길이라고 한다. 내가 불교에 관한 책을 읽고 깊은 감명을 받은 대목은, 석가모니께서 수타바라(不動)라는 대지의 여신을 시켜 욕계의 왕인 마라(魔羅) 파피야스(波旬)를 항복하게 하는 순간, 대각(大覺)을 얻었다는 구절이다.

관광객들과 더불어 사찰 경내에 들어서니, 왼쪽에 해우소(解憂

所)라는 안내판이 있었다. 범종각(梵鍾閣) 안에 안치된 불종을 구경한 다음 법당 앞에 있는 다층석탑을 살펴보았다.

층수가 8층만 남아 있는 흰 대리석으로 된 탑이다. 옥개 추녀가 많이 유실되었다. 이층 기단의 면석(面石)에는 비룡문(飛龍紋)과 구름무늬가 새겨져 있는데, 희미하게 보였다. 탑이 조성 당시에는 매우 아름다웠을 것이다.

이윽고 우리는 주존(主尊)을 모신 극락보전(極樂寶殿) 앞에 이르렀다. 법당이 정남(正南)인 여강을 향하여 자리잡고 있다. 정면 3칸 측면 2칸의 팔작지붕 다풋집이다.

수미산 꼭대기인 전내 수미단을 올려다보았다. 법회 장면을 그린 후불 탱화를 배경으로 하여, 중앙에 아미타불(阿彌陀佛)이 정좌하고 계신다. 아미타 수인을 커다랗게 취하고 있다. 좌우에는 관세음보살과 대세지보살이 화려한 보관을 쓰고 시립하고 계신다.

나는 아미타 삼존께 합장하고 아내의 무량 상수(無量上壽)를 빌었다. 그리고 나서 삼존이 두 손의 손바닥으로 나타낸 행복의 세계를 아내에게 일러 주었다.

왼편으로 돌아 곧장 가니 조사당(祖師堂)이 있다. 전면 1칸 측면 2칸의 겹처마 팔작지붕 건물이다. 안내판을 보니 경내에서 가장 오래 된 집이라고 씌어 있다. 저 곳에는 어떠한 조사가 모셔져 있을까?

돌기단에 올라 당내를 들여다보았다. 중앙에 나옹(懶翁) 스님의 영정을 봉안하였다. 그 앞에는 스님의 목조 좌상도 안치해 놓았다. 영정 좌우에는 지공(指空) 스님과 무학(無學) 스님의 영정을 모시었다. 지공은 연경(燕京)에서 나옹과 무학을 가르쳤다. 인도 사람이다. 무학은 나옹의 전법 제자이고.

속성이 아씨(牙氏)인 나옹 스님은 고려국 충숙왕(忠肅王) 7년(1320)에 지금의 경북 영일면에서 태어났다. 그는 21세 때에 벗의 죽음을 보고 출가하여, 세속 나이 57세 법랍 38세에 신륵사에서 입적하였다. 저서로 『나옹화상어록』과 『가송』을 남겼다.

의자에 앉아 있는 세 화상의 영정은 키가 커 보였다. 고요히 빛나는 눈들은 사후의 거처를 물어 보는 것 같았다. 콧수염에 덮인 빨간 입술은 활구 법문(活句法文)을 설할 모양이다.

아내의 손을 잡고 조사당 뒤로 나 있는 계단을 올라갔다. 양지바른 곳에 나옹 스님의 부도(浮屠)인 보제존자 석종(普濟尊者 石鍾)이 보였다. 탑신이 종 모양을 닮았다.

넓은 묘역에 석재를 쌓아 올려 네모꼴 기단을 만든 다음, 중앙에 판석(板石)을 놓고 커다란 부도를 안치했는데, 탑신에는 아무런 조각이 없었다. 적멸의 표현 같았다. 꼭대기에는 불꽃 모양의 보주를 얹었다. 부도가 차가운 인상이다. 바로 앞에는 팔정도(八正道)를 뜻하는 8각의 석등이 서 있다.

아내가 뒤쪽에서 석종비(石鍾碑)를 보라고 불렀다. 다가가 보니, 높다란 묘비에 나옹 스님의 사리 봉안에 관한 글이 들어차 있었다. 목은(牧隱) 이색(李穡)이 글을 짓고, 한수(韓脩)가 해서체로 글씨를 썼다.

나옹 스님에 관한 글을 보니, 스님의 「모기(蚊子)」라는 선시(禪詩)가 머리에 떠올랐다. 그 작품의 내용인즉, 욕심을 버리라는 외침이다.

不知氣力元來少
喫血多多不自飛
勸汝莫貪他重物
他年必有却還時

제 기력이 원래 약한 줄을 모르고는,
피를 너무 많이 빨아서 날지 못하네.
남의 소중한 물건은 탐내지 마라.
뒷날 반드시 물어야 할 때가 있느니.

묘역에 부도의 그림자가 길게 지자, 우리는 발길을 돌렸다. 명부전(冥府殿)과 대장각기비(大藏閣記碑) 구경은 뒷날로 미루고, 걸음을 재촉하여 강변에 있는 강월헌(江月軒)에 올랐다.

6각형의 정자다. 푸른 강이 한눈에 들어왔다. 어디를 보아도 경치가 절경이기에 나는 이색의 「여강(驪江)」이라는 시를 연상하였다.

不是無錢買小舟

飄然直遡漢江流

只怜富戶龍山碧

日日吟詩獨倚樓

돈이 없어서 작은 배를 산 것이 아니라,

표연히 한강을 거슬러 올라가 보고 싶었지.

집 앞에 있는 푸른 용산이 그지없이 좋구나.

날마다 시를 읊으며 누각에 기대 보네.

　우리는 언덕 위에 있는 다층전탑(多層塼塔)을 본 뒤에 서점으로 걸어 내려갔다. 석양 무렵의 숲길과 다풋집들의 풍경이 따스하였다.

[2004. 8 〈한국수필〉 129호]

빠다링 장성(八達嶺長城)

　내 나이 67살이 되던 어느 여름날, 아내와 함께 한국인 관광단에 끼어 베이징에서 만리장성행 관광버스를 타고 고속 도로를 2시간 쯤 달리어 빠다링(八達嶺) 주차장에서 내렸다. 곧바로 일행이 케이블카를 타고 산을 향해 달리자, 소나무 사이로 창청(長城) 곧 만리장성이 보였다. 장성 바로 밑에서 내려 계단을 올라가 벽돌로 높이 쌓아 올린 장성 위에 올라섰다.

　우리는 산꼭대기를 따라 남과 북으로 이어진 장성의 웅장한 모습에 감탄을 금하지 못하였다. 성벽 가장자리에 철자형(凸字形) 담인 성첩(城堞)이 쌓여 있고, 그 아래에 총안(銃眼)이 있으며, 가운데는 용도(勇道)라는 넓은 통로로 되어 있었다. 관광객들의 뒤를 쫓아 가까운 돈대(墩臺)를 향해 걸어 올라가니, '不到長城非好漢'이라는 비석이 통로 가운데에 서 있었다. 중국 교민이 국부 마오쩌둥(毛澤東)의 친필이라고 하였다. 비문의 뜻인즉 '장성에 오르지 않은 사람은 사내 대장부가 아니다'라는 것이다.

아내와 통로를 걷노라니, 시성 이백(李白)의 「소군원(昭君怨)」이라는 시가 생각났다. 한(漢)나라의 원제(元帝)는 흉노(凶奴)와 화친하기 위해 궁인 왕소군(王昭君)을 흉노의 수장에게 시집을 보내게 되었다. 시성은 궁인이 눈물을 지으며 말을 타고 떠날 때의 정경을 '금일한궁인(今日漢宮人) 명조호지첩(明朝胡地妾)'이라고 읊었다. 풀이하면 '오늘은 한의 궁인이지만 내일 아침이면 호지의 첩이 될 몸'이라는 말이다.

북방 유목 민족의 침입을 막기 위해 춘추 시대부터 명대에 이르기까지 2400여 년 동안에 20개의 왕조에 걸쳐서 축조된 장성은, 기점이 발해만에 면한 산하이관(山海關)이고, 끝나는 지점이 실크로드의 입구인 지아위관(嘉欲關)이며, 총길이가 6천 킬로미터라고 한다. 그런 역사의 무게를 지닌 장성은, 중국의 국가인 의용군 행진가가 '새로운 우리의 장성을 쌓아 가자'라는 구절로 시작될 만큼, 이제는 중국의 긍지(矜持)가 되었다고 한다.

이층으로 된 돈대 위로 올라가니까, 모든 산줄기가 양달과 응달로 구분되어 있었다. 중국 대륙이 한눈에 보이는 것 같았다. 베이징 쪽을 바라보니, 나는 문득 조선 후기의 실학자인 이중환(李重煥)의 『택리지(擇里志)』에 나오는 명언이 머리에 떠올랐다. 그 말의 내용인즉, '서쪽, 북쪽, 동쪽의 오랑캐와 여진은 중국에 들어가서 왕이 되지 않은 나라가 없는데 우리나라만 그렇게 하지 못하였다[西戎北狄與東胡女眞 無不入帝中國 而獨我國無之]'라는 것이다.

장성의 출입구를 향해 내려가며 성벽의 벽돌들도 살펴보았다. 흙으로 만들어 구운 것인데 돌같이 단단하였다. 아내가 손가락으로 가리키는 데를 눈여겨보니, 중국인과 일본인과 한국인이 '아무개가 아무 날 이곳에 왔다'라는 글씨를 많이 새겨 놓았다.

우리는 한국인 일행을 따라 출입구를 나왔다. 성벽 밑에는 들국화가 한 무더기 피었다. 나를 보고 망상을 버리라며 웃고 있는 것 같았다. 다음 행선지는 자금성(紫禁城)이다. 케이블카를 타고 산을 내려가노라니, 마음이 허전하였다.

(2004. 9)

7. 쇠똥구리

600회 수요 시위

수요 시위(水曜示威)

창문을 열어 보니, 날이 몹시 흐리다. 우산을 한 손에 들고 대문을 나와 역으로 갔다. 노량진역 옥상에는 태극기가 나부끼고 있었다.

나는 청량리행 열차를 타고 광화문에서 내렸다. 교보문고 뒷길로 해서 중학동 쪽으로 발길을 옮겼다. 일본대사관 맞은편 보도에 도착해 보니, 어깨에 노란 조끼를 걸친 일본군 위안부 피해자 할머니들이 한국정신대문제 대책협의회 직원들의 안내를 받아 의자에 앉았다. 여성 단체 대표, 일본인, 스님과 수녀, 일반 시민 그리고 기자들도 모여들었다. 한국정신대문제 대책협의회에서는 1992년에 일본군 위안부 피해자 문제를 유엔인권위원회에 제기하여, 1996년 4월에 '일본은 피해자들에게 사죄하고 국가 배상을 해야 한다'라는 권고를 받아 내었다.

이윽고 정오가 되자, 위안부 피해자 할머니들이 굳게 닫힌 일본

대사관 철문을 향하여 팔을 뻗으며 이렇게 외쳤다. '일본 정부는 일본군 위안부 피해자들에게 사죄 배상하고 책임자를 처벌하라! 일본 정부는 희생자들을 위해 위령비를 세워라! 한국 정부는 일본군 위안부 문제 해결을 위한 외교 정책을 수립하라!' 할머니들의 얼굴에는 지난해 봄보다 주름이 많아도 목소리는 힘차 보였다. 할머니래야 16명뿐인데 그들 앞에는 전경들이 방패를 들고 버티고 섰다. 한국정신대문제 대책협의회에서 1992년 1월 8일부터 매주 수요일마다 주도한 시위는 2004년 3월 17일 수요일 오늘 600회를 맞았다.

내가 일본군 위안부라는 말을 처음 들은 것은 시골에서 청주 읍내에 있는 국민학교 2학년에 다니던 해인 1942년의 일이었다. 그 해 여름 어느 날 학교에서 돌아오니, 할머니는 고모가 일본 사람들에게 끌려갔을지 모른다고 하시며 눈물을 글썽이고 계셨다. 일본 사람들이 군인들에게 밥을 해줄 처녀를 잡으러 왔다는 것이었다. 고모는 밤이 이슥해서 돌아왔다. 처녀 공출이 나왔다는 말을 듣고 산에 숨었다고 하였다. 어른들은 일본인 관리들이 동네 처녀를 끌고 가서 군인들에게 위안부로 제공하려 한다고 수군대었다.

일본 정부의 태도는 일본군 위안부 피해자 문제는 법적으로 샌프란시스코 평화 조약 및 1965년 한일 청구권 협정으로 해결되었다는 것이다. 도덕적 책임만 있는데, 그 책임도 아시아 여성기금으로 해결했다는 것이다. 일본 정부는 1995년에 아시아 여성기금이라는 것을 설립하였다. 아시아 여성기금에서는 민간으로부터 모금하여 1997년 1월에 일본군 위안부 피해자 7명에게 일인당 2백만 엔과 총리 편지를 몰래 전하였다. 이에 우리 정부는 유감의 뜻을 표하고, 일본 정부는 이 문제에 관한 1996년 4월 유엔인권위원회의 권고를 자발적으로 시행할 것을 요청하는 성명서를 발표하였다. 피해자 할머니와 시민 단체들도 일본측의 행위를 비난하였다. 1965년 한일 청구권 협정에는 다음과 같은 조항이 있다.

"양 체약국은 양 체약국 및 그 국민(법인을 포함함)의 재산, 권리 및 이익과 양 체약국 및 그 국민간의 청구권에 관한 문제가 1951년 9월 8일에 샌프란시스코 시에서 서명된 일본국과의 평화 조약 제4조 a에 규정된 것을 포함하여 완전히 그리고 최종적으로 해결된다는 것을 확인한다."

이것은 일본 정부의 책임을 면제한다는 조항이지 않은가. 청구권 협정에 이런 조항까지 있는 것을 보면, 일본 정부가 선견지명(先見之明)이 있다고 볼 수 있지 않은가. 김동조 전 외무부 장관이 지은 『回想 30年, 韓日會談』이라는 책에는 청구권 협정에 일본 정부의 책임 면제 조항이 들어가게 된 데 대한 언급이 없다. 일본군 위안부 피해자들이 입은 인권 침해의 구제는 재산권 문제를 다룬 청구권 협정과는 별개의 일이다.

내가 일본 정부의 책임 면제 조항에 대해 깊은 관심을 갖게 된 것은, 한일 국교 정상화가 되던 이듬해인 1966년에 옛 버마 주재 총영사관에서 부영사로 일하던 때였다. 재외 공관에 처음 부임하여 공보 업무를 맡아 보게 되었다. 날씨가 서늘한 어느 겨울날 저녁에 신문사 기자들을 랭군 시 프롬 가 18번지 B의 집에 초청하여 만찬을 베풀게 되었다. 대화 분위기가 무르익으니 화제가 한일 국교 정상화로 모아졌다. 내가 일본 정부의 책임 면제 조항을 꺼내자, 기자들은 자기네 나라가 일본과 맺은 배상 협정에도 그러한 조항이 있다고 말하고 국민의 배상 청구를 막는 협정에 굴욕감을 느낀다고 덧붙였다. 랭군에는 한국인 위안부들(comfort women)이 있었는데, 귀국했는지 모르겠다고 하였다.

우리 정부가 청구권 협정 체결 교섭 때에 일본 정부의 책임 면제 조항을 간과하게 된 원인은 어디 있을까. 온고지신(溫故知新)하지 않았기 때문이라고 나는 생각한다. 우리나라가 외국과 맺은 최초의 조약인 1876년의 병자수호조약(丙子修好條約)을 읽었어야 했다는 소리다. 병자수호조약 제1관은 '조선은 자주 국가이며 일본과 평등한 권리를 가진다[朝鮮國自主之邦 保有與日本國平等之權]' 라는 것이다. 이 조문을 두고 국사책에서는 "그것은 조선에 대한 청의 종주권을 부인함으로써 일본의 조선 침략을 용이하게 하려는 것이었다."라고 말하고 있다. 일본인 한국사 연구가인 가타노 스키오(片野次雄) 씨는 『李朝滅亡』이라는 책에서 '자주 국가' 라는 말에 대해 다음과 같이 논하고 있다.

"조선 측은 조약 문안의 내용을 논할 생각도 않고 그 자리에서 일본의 요구를 받아들이고 말았다. 아무리 상황이 그렇다고 하지만 조선 측은 사정에 어둡고 다부지지 못하였다. 조선 측 당국자들은……

이때에 일본은 청국과의 종속 관계가 끊어진 조선을 언젠가는 일본의 속국으로 만들겠다는 의도를 갖고 있었다. 이것이 원대한 심모(深謨)가 아니고 무엇이겠는가. 이후 조선의 불행은 바야흐로 병자수호조약의 말 한 마디로부터 시작되었다."

위안부 피해자 문제가 세인의 주목을 크게 받게 된 것은, 내가 일본 센다이(仙臺) 주재 총영사관에 공관장으로 근무하던 때인 1990년 5월 18일에, 한국 여성 단체들이 노태우 대통령의 방일을 앞두고 이 문제에 대한 일본 측의 진상 규명과 사죄를 요구하는 성명서를 발표한 데서 비롯되었다. 한국 여성계가 연대하여 들고 일어난 것이었다.

노태우 대통령의 방일을 준비하고 있던 최호중 당시 외무부 장관은, 『外交는 춤춘다』라는 회고록에서 일본 정부의 사죄를 받게 된 경위를 이렇게 말하고 있다.

"이런 국내 분위기를 야나기(柳健一) 주한 일본대사에게 알리고 사전 조율(調律)을 한 결과, 일본측이 최종적으로 제시한 일황의 사죄 문안은 '일본에 의해 초래된 불행했던 시기에 한국민들이 겪었던 고통을 생각하고 통석(痛惜)의 염(念)을 금할 수 없다'는 것이었다. …… 나는 야나기 대사로부터 이것이 확정된 일본측 최종 문안임을 확인한 후, '통석의 염'이란 잘못을 아픈 마음으로 뉘우친다는 것으로 받아들이겠다고 말하고 이에 이의가 없느냐고 물었다. 야나기 대사는 그런 뜻으로 해석해도 좋다고 양해했다."

이 글에 대해 두 가지를 말하고 싶다. 하나는 대화법에 관한 것이다. 나는 지은이가 '통석의 염' 풀이를 일본 대사가 하도록 했어야 하였다고 생각한다. 다른 하나는 '통석'의 뜻에 대한 것이다. 이 말의 사전적 의미는 '몹시 애석하게 여김'이다. 일본어 사전인 『廣辭林』에는 "ひどく惜しがること(몹시 아까워함, 몹시 애석해함). はなはだ遺憾に思うこと(매우 유감으로 생각함)"라고 씌어 있다. 다른 사전인 『廣辭苑』에도 그렇게 씌어 있다.

일본 천황은 5월 24일 노태우 대통령을 위한 궁중 만찬에서 통석의 염이라는 말이 담긴 연설을 하였다. 『外交는 춤춘다』에 보면, 지은이는 "통석의 염을 아픈 마음으로 뉘우친다고 풀이하기보다, 뼈저리게 뉘우친다고 해석하는 것이 알맞다는 생각을 했다."라고 적고 있다. 지은이는 이어서 "노 대통령을 수행한 공보수석비서관과 협의해서 '통석의 염이란 뼈저리게 뉘우친다'는 뜻이라는 공식 해석을 밝히자 일본 당국이나 언론에서는 가만히 있는데 우리 언론에서는 이를 거세게 비판하고 나섰다."라고 덧붙여 적고 있다.

이상옥 전 외부부 장관은 『전환기의 한국외교』라는 회고록에서 일본 천황의 궁중 만찬 연설에 대해 다음과 같이 평하고 있다. 일본 천황 연설문에는 '통석의 염'이란 말이 들어 있는데, 회고록에는 그 말의 뜻에 대한 설명이 없다.

"일본 천황은 노 대통령을 위한 궁중 만찬회에서 '일본에 의해 초래된 이 불행했던 시기에 귀국의 국민들이 겪으셨던 고통을 생각하며 통석(痛惜)의 염(念)을 금할 수 없다고 사죄 발언을 했으며……. 일본 천황의 사죄 발언에서 사용한 통석의 염이란 표현에 우리 국내에서 논란이 있었지만 그때까지 한국에 대한 일본 천황의 사죄 발언 중 가장 구체적인 발언이라는 평가가 있었다."

아동 문학가이자 말글 운동가인 이오덕 님은 『우리글 바로쓰기 2』라는 책에서 '통석'을 다음과 같이 풀이하고 있다.

"며칠 전 일본왕의 인사말에 나온 '통석'(痛惜)을 두고 신문들이 한 차례 떠들썩했다. 그 말이 일본에서도 안 쓰는 죽은 말이라고도 했다. 내가 알기로는 중국글자말을 즐겨 쓰는 일본인들이 더러 쓴다. 다만 우리나라에서는 안 쓴다. 안 쓰지만 중국글자를 아는 사람이라면, 사전을 찾아볼 것까지도 없다. 痛은 '매우'란 뜻이고 惜은 '아깝다'란 말이다. 이걸 두고 우리 정부에서(일본인들도 그렇게 해석하지는 않는데) '마음 아프게 뉘우친다.'고 해석해서 보도하게 했다니 참 너무너무 한심하다."

위안부 피해자 할머니들은 고령이어서 언제 돌아가실지 모른다. 지난달에는 경기도 광주시의 '나눔의 집'에 사는 할머니 한 분이 일본의 사죄를 보지 못하고 세상을 떠났다. 정부는 제네바에서 열리는 유엔인권위원회서만 위안부 피해자 문제의 해결을 촉구할 것이 아니라, 어서 일본 정부에 문제 제기를 직접 해야 할 것이 아닌가.

피해자 할머니들의 외침은 커지는데도 일본대사관의 철문은 열릴 줄을 모른다. 시위 현장을 뜨려니 할머니들의 목소리가 뒷덜미를 와락 끌어당기는 것 같았다.

[2004. 12 〈지구문학〉 28호]

쓰레기

밤이 되니 동네 골목에 라일락꽃 향기가 가득하였다. 우리 집 앞마당에 있는 쓰레기통에서 쓰레기를 꺼내어 대문 밖에 내놓았다. 쓰레기는 규격 봉투에 담겨 있었다.

늙은 환경미화원들이 다른 집 쓰레기를 손수레로 날라다가 우리 집 쓰레기 옆에 쌓아 놓았다. 화요일인 내일은 쓰레기차가 오는 날이다. 쓰레기차는 아침에 앞길에 들러 쓰레기를 싣고 간다.

나는 앞집 가게에서 콜라 음료를 사서 환경미화원들에게 나누어 주었다. 직업에는 귀천이 없다고 하지만, 이마에 구슬땀을 흘리며 궂은일을 하는 그들이 고마웠다.

다음 날 구청에 볼일이 있어서 아침나절에 대문을 나서니, 우리 집 담장 밑에 쓰레기가 담긴 비닐봉지들이 놓여 있었다. 환경미화원들이 쓰레기를 쌓아 놓았던 곳이다.

쓰레기차가 쓰레기를 싣고 간 후에 몇몇 이웃들이 쓰레기를 이

곳에 갖다 놓았음이 틀림없다. 현관 벽장에서 쓰레기봉투를 꺼내어 쓰레기를 담아 가지고 우리 집 쓰레기통에 넣고 골목으로 내려갔다.

비가 내리는 어느 날 아침이었다. 우산을 쓰고 대문 밖으로 나오니, 도둑고양이 한 마리가 위쪽 골목으로 달아나는 것이 눈에 띄었다. 우리 집 앞에는 음식물 쓰레기와 찢긴 비닐봉지가 널려 있었다. 쓰레기를 주워서 비닐봉지에 도로 담아 쓰레기통에 넣고 노량진역으로 갔다.

열차에 몸을 싣고 한강철교를 지났다. 차창 밖을 내다보니 여의도의 빌딩들이 흐릿하게 보였다. 저 아파트촌에서는 쓰레기를 어떻게 치우고 있을까. 열차는 어느새 시청역에 도착하였다.

시청 뒤에 있는 한국수필사로 가는 길에 무교동 뒷골목을 돌아보았다. 음식물이 담긴 비닐봉지와 음료수병이 상점 앞에 드문드문 널려 있었다. 이름난 옥호를 선전하는 네온불이 반짝거리는 거리임에도 그렇다.

달이 밝은 어느 여름밤이었다. 책상 앞에 앉아서 쓰레기라는 낱말을 고어 사전에서 찾아보았다. 쓰레기라는 명사의 어원은 '쓸다'이다. 옛말 '슬다'에서 왔다. 옛말 '슬'은 '손'이라는 뜻이다. '쓸다'라는 말인 소(掃) 자는 '손 수(手)'와 '비 추(帚)'를 합한 것이다. 지어미 부(婦) 자는 '비를 들고 집안을 청소하는 여자'를 뜻한다.

독서의 계절 가을이 왔다. 어느 날에는 종로로 대형 문고를 찾아갔고, 어느 날에는 청계 6가에 즐비한 헌책방에 들렀고, 또 어느 날에는 여의도에 자리한 국회도서관을 방문하였다. 쓰레기를 다룬 문학 작품을 구하기 위해서.

가을이 가고 겨울이 되었다. 오늘은 아침부터 눈이 내렸다. 나는 두꺼운 종이에 매직으로 '쓰레기 버리지 마시오'라고 써서 바깥 담벼락에 붙여 놓았다. 한 사람이 쓰레기를 갖다 놓으면 다른 사람도 쓰레기를 갖다 놓는다.

새해 아침이 밝았다. 아내와 함께 떡국을 먹었다. 비를 들고 대문 밖으로 나오니, 담장 밑에 쓰레기가 보이지 않았다. 남쪽 오르막길이 청결하였다. 아래 골목도 깨끗해 보였다. 새해부터는 누가 쓰레기를 우리 집 담장 밑에 버리지 않았으면 좋겠다.

대한을 이틀 앞둔 날 아침에 털모자를 쓰고 대문을 나서니, 우리 집 담장 밑에 쓰레기가 놓여 있었다. 그리고 담벼락에 붙여 놓은 글씨 중에 '지' 자와 '마' 자가 지워져 있었다. 글씨가 '쓰레기 버리시오'라는 말이 되었다. 쓰레기봉투에 쓰레기를 담아서 쓰레기통에다 넣고 독서실 쪽으로 올라갔다.

겨울이 가고 봄이 왔다. 어느 달 밝은 밤에 쓰레기통에서 쓰레기를 꺼내어 대문 밖에 내놓았다. 그러자 환경미화원들이 나타나 손수레에 쓰레기를 실어 가지고 아래로 내려갔다. 가만히 바라보니 쓰레기를 전봇대 밑에 쌓아 놓았다.

날씨가 따뜻한 어느 봄날 오후에 아내하고 동네를 한 바퀴 도는 산책길에 나섰다. 아래로 내려오니 전봇대 밑에 쓰레기가 담긴 쓰레기봉투와 비닐봉지가 쌓여 있었다. 쓰레기봉투에는 '생활 쓰

레기는 정해진 날의 일몰 후에 배출하여야 합니다'라고 씌어 있는
데도 그렇다.

어느 날 석양 무렵에 아내와 더불어 장바구니를 들고 골목 초입
에 이르니, 가게 옆에 우뚝 서 있는 전봇대에 '인간 쓰레기'라는
글씨가 붙어 있었다. 글씨 아래에는 갖가지 쓰레기가 쌓여 있었
다. 쓰레기들은 비닐봉지와 종이 상자에 담겨 있지 않은가. 규격
봉투인 쓰레기봉투에 담기지 않은 쓰레기는 환경미화원들이 수거
하지 않는다.

장맛비가 내리는 어느 날, 조간신문을 펼쳐 보니 '팔당호 쓰레
기 떼'라는 제목이 씌어 있는 컬러 쓰레기 사진과 '요즘 중부 지역
에 쏟아진 폭우로 계곡에 쌓여 있던 쓰레기가 떠내려와서 팔당호
에 거대한 쓰레기 떼가 생겼다'라는 기사가 1면에 실려 있었다.
팔당호는 서울의 상수원이다.

그런데 나의 눈에는 길게 휜 쓰레기 떼가 한반도의 지도처럼
보이는 것이었다.

[2005. 2 〈한국수필〉 132호]

호 떡

날씨가 화창한 봄날이다. 아내와 함께 노량진역에서 전철을 타고 가다가 서울역에서 내렸다. 이 역은 르네상스식 건물이다.

지하도로 해서 인근에 있는 남대문시장을 방문하였다. 입구에 들어서니, 널찍한 중앙 통로 양쪽에 재래식 상점들이 빽빽이 들어섰다. 나는 문구점에서 복사 용지를 사고, 아내는 옷가게에서 미국 시애틀에 사는 딸에게 줄 캐주얼 원피스를 샀다.

어떤 건장한 청년이 하는 호떡 가게 앞에 다다랐다. 상가 건물 앞에 포장마차를 차려 놓고 호떡을 만들어 판다. 둘이서 달고 따끈따끈한 호떡을 사먹노라니, 옛날에 할아버지가 사 주시던 호떡이 생각난다.

내가 호떡 맛을 처음 본 것은 일제 강점기에 시골에서 멀리 떨어진 읍내에 있는 국민학교에 들어가던 날이었다. 갓을 쓰시고 봄볕을 쬐며 교문 밖에 계시던 할아버지는, 입학식을 마치고 교문을 나서는 나를 데리고 어느 중국집을 찾아가 호떡을 사 주시었다.

그 후 60여 년이 흘렀다. 하지만 그 옛날 먹었던 호떡의 맛은 오랜 세월이 지났어도 잊혀지지 않는다. 호떡을 보면 할아버지의 모습이 머리에 아련히 떠오른다.

그러고 보니 나는 두 아들과 딸에게 호떡을 사 먹여 본 적이 없다. 오는 가을에 딸이 외손자들을 데리고 노량진동 친정에 다니러 오면, 호떡을 맛보여야 하겠다.

(2005. 3)

낙화암

나는 중학교 시절에 「꿈꾸는 백마강」이라는 유행가를 알게 되었다. 책가방을 들고 동무들과 같이 신작로를 걸으며 이 노래를 불렀을 적에 기분이 얼마나 좋았는지 모른다.

백마강 달밤에 물새가 울어 / 잃어버린 옛날이 애달프구나 / 저어라 사공아 일엽 편주 두둥실 / 낙화암 그늘 아래 울어나 보자 // 고란사 종소리 사모치는데 / 구곡 간장 오로지 찢어지는 듯 / 누구라 알리요……

세월은 흘러 내가 50줄에 들어서던 1984년 2월에 아내는 미성문화원에서 펴낸 『두만강 푸른 물에』라는 가요집을 사 왔다. 일제가 「아들의 혈서」니 「우리는 제국의 국민이다」니 하는 군가를 강요하던 시기인 1942년에 발표된 「꿈꾸는 백마강」은, 우리 민족의 설움을 그대로 표출한 것이어서 우리 가요사에 길이 남을 금자탑이라고 하였다. 작사가인 김용호가 노랫말을 짓고, 피아니스트 임근식이 작곡하고, '청진 가요 콩쿨'에서 1등을 한 가수 이인권이 노래했다는 것이다.

올해 5월에는 아내와 더불어 고속버스를 타고 백제의 고도(古都) 부여를 방문하였다. 부여의 북쪽에 있는 부소산의 정상에 올라, 백제의 궁녀들이 쳐들어오는 나당(羅唐) 연합군에 몸을 더럽히지 않기 위해 백마강에 몸을 던졌다는 바로 그 자리에 서서, 전방을 바라보았다. 백마강이 흘러와서 바위 밑을 지나간다. 아래쪽을 내려다보니 낭떠러지이다.

『삼국사기(三國史記)』에 보면, 외침의 경위는 이렇다. '당나라의 고종(高宗)은 소정방(蘇定方)을 신구도 행군대총관(神丘道行軍大摠管)으로 삼아 군사 13만 명을 주고 백제를 치게 하는 한편, 신라왕 김춘추(金春秋)를 우이도 행군총관(嵎夷道行軍摠管)으로 삼아 소정방의 군사와 합세하게 하였다.

당병은 배로 산동반도를 떠나 덕적도(德積島)로 해서 백강(白江)으로 쳐들어 왔다. 백강은 금강을 말한다. 신라왕은 장군 김유신(金庾信)에게 정병 5만 명을 거느리고 백제를 치게 하였다. 나군(羅軍)은 탄현(炭峴)을 넘었다. 탄현은 옥천과 대전 동부의 일대를 가리킨다.

백제의 의자왕(義慈王)은 먼저 장군 계백(階伯)을 보내어 나군의 침입을 막게 하였다. 그는 사사(死士) 5천 명을 거느리고 황산(黃山)으로 출정하여 나군과 싸웠으나, 군사는 적고 힘이 다해서 패

했으며 자신도 전사하였다. 당병은 궁성으로 진격하여 성 위에 당기(唐旗)를 꽂았다. 북쪽 변방으로 도망갔던 의자왕과 태자 효(孝)는 성을 열고 항복하였다. 소정방은 왕과 태자 효, 그리고 왕자 태(泰)와 융(隆)과 연(演) 및 장사 88명, 백성 1만 2천 8백 7명을 당나라 서울로 끌고 갔다.'

『삼국유사(三國遺事)』를 보면, 궁녀들의 비극도 씌어 있다. '백제고기(百濟古記)에는 이런 말이 나온다. 부여성의 북쪽 모퉁이에 큰 바위가 있는데, 그 아래는 강물에 닿아 있다. 전해 오는 말에 따르면, 의자왕은 후궁들과 더불어 죽음을 피하지 못할 것임을 알고 자진(自盡)할지언정 타인의 손에 죽지 않겠다고 하였다. 서로 이끌며 이곳에 이르러 강물에 몸을 던졌다. 사람들은 그 바위를 타사암(墮死岩)이라고 불렀다. 이것은 항간의 말이 와전된 것이다. 당사(唐史)에는 궁인들만 떨어져 죽었으며 의자왕은 당나라에서 죽었다고 분명히 씌어 있다.'

우리는 백화정(百花亭)이라는 정자에 올랐다. 소나무 사이로 백마강의 전경이 한눈에 바라보였다. 나는 백제가 망한 원인을 곰곰이 되새김해 보았다. 주인(主因)은 신라가 당과 동맹(同盟)을 맺는 데에 성공했기 때문이었다. 당과 고구려(高句麗)와 신라로 둘러싸인 백제는, 합종 연횡(合縱連衡)에 둔했기 때문에 당나라의 고종에게서 '위태한 번국[危蕃]을 구하겠다'라는 국서를 받기에 이르렀다.

고려말의 문인 이곡(李穀)이 지은 「부여의 회고(扶餘懷古)」라는 시에 '일단금성여해와(一旦金城如解瓦) 천척취암명낙화(千尺翠嚴名落花)'라는 말이 나온다. '하루 아침에 도성은 기왓장처럼 무너지고 천척의 푸른 바위는 낙화라 불리도다.'라는 뜻이다. 시를 남긴 선인의 마음이 거룩해 보인다.

백제의 흥망은 우리 역사에 어떤 교훈을 남기고 있는 것일까. 인류 역사상에 망하려고 생겨난 나라는 없을 것이다. 그런데도 학교 국사책에는 백제의 멸망의 의의에 대한 언급이 없다. 백제의 멸망은 외교를 망치면 나라가 망하는 전형(典型)이다. 교재에 명기해야 할 것이다.

옆길로 해서 아래쪽으로 걸어 내려갔다. 왼편에 절이 보이기에 들어갔다. 노래에 나오는 고란사(皐蘭寺)이다. 작지만 아담해 보인다. 나는 부처님에게 궁녀들의 왕생 극락을 빌었다. 아내를 따라 뒤편으로 걸음을 옮겼다. 바위 틈에서 솟는 약수를 떠 마셨다. 고란초도 구경하였다. 절 뒷벽에는 치마를 날리며 강에 몸을 던지는 궁녀들의 모습이 생생하게 그려져 있다. 저쪽에는 백마강이 흐른다.

선착장에서 유람선에 몸을 실었다. 배는 열댓 명의 손님을 태우고 구드래 나루터 쪽으로 내려갔다. 선창 밖으로 낙화암의 절벽이 보였다.

유람객 한 쌍이 선장실에서 흘러 나오는 「꿈꾸는 백마강」 노래에 맞추어 서양춤을 추었다. 아, 낙화암이여!

(2005. 5)

쇠똥구리

환경의 날이 밝았다. 절기상 날씨가 여름에 들어서는 망종(芒種)이다. 창문을 활짝 열어 보니 하늘도 맑았다. 오늘은 책상 앞에 앉아 쇠똥구리를 생각해 본다.

쇠똥구리는 쇠똥을 먹고 사는 풍뎅이과의 곤충(昆蟲)이다. 소가 풀을 뜯어 먹고 배설한 쇠똥에 꾀어 경단을 만들어 굴리고 간다. 곤충치고는 귀염성이 있는 놈이다.

나는 시골에서 국민학교에 다니던 시절에 쇠똥구리가 도로변에 있는 쇠똥에 모여 경단을 빚어서 굴리고 가는 것을 보는 것이 재미있었다. 앞뒤서 경단을 굴리는 솜씨는 신기해 보였다.

중학교에 들어가서 영어를 배우게 되었다. 쇠똥구리를 영어로 뭐라고 하는지 몹시 알고 싶었다. 하루는 영어 선생님이 단어를 외우는 요령이라며 '똥'은 영어로 'dung'이라 한다고 말했다. 영어

사전을 찾아보니 'dung beetle'이라는 단어가 있지 않았는가.

또 한문에 박식한 국어 선생님을 만났다. 우리말을 한문으로 번역하여 가르치기도 하였다. 한번은 내가 쇠똥구리를 한자로 어떻게 쓰느냐고 물었다. 그러자 선생님도 급우들도 크게 웃었다. 선생님은 칠판에 분필로 '蜣螂'이라 쓰고 '강랑'이라고 읽었다.

『세종실록』에 보면 최만리(崔萬理)의 한글 창제 반대 상소문이 나온다. 이 글 속에는 "이제 따로 언문을 만들어 중국을 버리고 스스로 오랑캐와 같아짐은 이야말로 소합향을 버리고 당랑환을 취하는 것입니다[今別作諺文 捨中國而自 同於夷狄 是所謂棄蘇合之香 而取 螳螂之丸也]"라는 말이 있다. 당랑환은 쇠똥 경단을 뜻한다.

신사임당(申師任堂)의 「초충도」 제5폭에는 쇠똥구리 그림이 있다. 화면의 주인격인 맨드라미 아래서, 쇠똥구리 한 마리가 질시하는 가운데 두 마리가 쇠똥을 굴리고 있고 나비들은 꽃 주변을 무리지어 날고 있다. 신사임당도 쇠똥구리의 솜씨에 놀란 모양이다. 쇠똥구리들은 긴 동면을 하는 놈들이다. 늦봄에 땅속에서 나와 쇠똥에 꾄다.

내가 갖고 있는 『웹스터새국제사전(Webster's Third New International Dictionary 1966)』에는 'dung beetle'은 "a sca-rabaeid beetle that rolls balls of dung in which the eggs are laid and on which the larvae feed"라고 씌어 있다. '알을 낳고 애벌레에게 먹일 쇠똥 경단을 빚는 풍뎅이과의 갑충'이라는

뜻이다. 사전의 명성에 걸맞은 말이다.

과학 동화책을 보면, 암컷이 모래흙에 굴을 파고 들어간다. 수 컷은 쇠똥 경단을 뜯어 굴속으로 던져 준다. 암컷은 쇠똥을 위쪽 이 길쭉한 원형으로 만든다. 이렇게 여러 개를 만든다. 위쪽에 구멍을 파고 알 하나씩을 낳는다. 그제야 수컷이 굴을 떠난다. 유충은 쇠똥을 먹으며 자란다. 암컷은 굶어 가며 유충을 돌본다. 가을철에 성충이 되어 날아가면, 암컷은 죽는다는 것이다.

쇠똥구리는 '똥을 빚는 예술가', '지구를 굴리는 벌레', '알의 썩음을 예방하는 과학자', '따뜻한 모정을 지녔다', '죽음이 아름답 다'라고 쓴 시와 산문이 문학 작품에 많다. 이런 글이 있는 줄은 몰랐다.

그러고 보면, 쇠똥구리는 우리들의 벗이자 교사이고 모성애의 전범(典範)이며 환경미화원이 아닌가. 이러한 익충(益蟲)이 지금은 쇠똥이 귀해져서 멸종의 위기를 맞고 있다니 예삿일이 아니다.

아내는 서울에서 국민학교에 다녔을 적에 길에서 쇠똥구리를 많이 보았다고 하였다. 우리 내외는 자녀들이 쇠똥구리를 보지 못하고 자라난 것을 아쉽게 여긴다.

(2005. 6)

8. 육교 풍경

경화미용실 앞길

분꽃 미용사

우리 집 앞 골목을 걸어 내려가 오른쪽 길로 조금 가면, 주인의 이름을 딴 '경화미용실'이라는 미장원이 있다. 아내가 단골로 간다.

이 미장원에서는 화단에 분꽃만을 기른다. 여름부터 가을에 걸쳐 피는 한해살이풀이다. 솥에 저녁쌀을 안치어야 할 무렵에 핀다고 하여 어머니가 좋아하던 꽃이다.

분꽃의 꽃말은 수줍음, 겁쟁이 그리고 비련이라고 한다. 꽃은 흰색, 붉은색, 노란색 또는 잡색이며 나팔꽃을 축소해 놓은 것 같이 생겼다. 저녁 나절부터 다음 날 아침까지 향기를 풍긴다.

오늘은 날씨가 덥기에 미장원 앞을 지나 큰길인 노량진로로 나섰다. 그 길로 한강으로 가서 바람을 쐬면서 고층 아파트가 즐비한 강변을 조망하였다. 다리 밑으로 내려가 강변 길도 걸었다.

해가 질 무렵에 강둑으로 올라갔다. 큰길로 해서 미장원 앞에 이르니, 초록색 원피스를 입은 주인이 분꽃에 물을 주고 있었다. 이목구비가 반듯한 주인은, 나를 보자 웃으며 이발을 하고 가라는 것이 아닌가.

젊은 주인은 자기네 가게서 머리를 깎으면 젊어진다고 말하였다. 나는 주인의 말솜씨가 너무 좋아서 그녀 뒤를 따라갔다. 주인이 미장원 문을 열자, 분꽃 향기 같은 냄새가 풍겼다. 미장원 방문은 이번이 처음이다.

주인은 나를 미용 의자에 앉히고 내 목에 커트보를 두른 다음에, 바리캉으로 능숙하게 나의 머리를 깎았다. 머리래야 옆과 뒷머리뿐이지만, 뒷모습을 거울에 비추어 보았다.

그녀는 작업을 끝내자, 나에게 또 오라고 하였다. 마을 어른에게 미용을 해주어 마음이 가볍다고 하면서 요금을 덜 받았다.

내가 미장원을 나오니, 화단에는 분꽃들이 붉게 피었다. 왼쪽 길로 걸음을 옮기자, 기분이 상쾌하였다.

(2005. 6)

매미 소리

닭의 해인 올해 여름 들어 나는 매미 소리에 잠을 깨고 매미 소리를 반주 삼아 아침 식사를 한다.

노량진 집을 나와 장승배기길 오른편의 동작구청 앞에 이르면 기다란 정원이 있다. 구청에서 담장을 헐고 만든 것이다. 그런데 그 정원에는 나무들이 있으나, 매미가 보이지를 않는다.

나는 구청 정원이 매미가 좋아하는 정원이 되었으면 좋겠다. 정원에는 거무칙칙한 침엽수가 많다. 잎이 넓은 오동나무 같은 활엽수도 있어야 하지 않을까.

구청에서 정원을 굼벵이가 살기 좋은 땅으로 바꿔 보면 어떨까. 매미의 일생을 보여 주는 조형물을 설치하는 것도 좋을 것이다. 매미 허물은 선퇴(蟬退)라고 해서 한약재로 쓰인다.

매미는 여름에 나무 껍질에 알을 낳는다. 알은 이듬해 여름에 유충으로 부화한다. 유충은 땅속으로 들어가 굼벵이로 5년 정도를 산다고 한다. 수액을 빨아 먹고 산다. 북미에 사는 어떤 종류는 땅속에서 17년 동안이나 산다는 것이다.

유충은 여름에 땅 밖으로 나와 허물을 벗고 매미가 된다. 수명은 7일가량이라고 한다. 성충 때도 수액을 빨아 먹고 산다. 우는 놈은 수놈인데 암컷을 불러 짝짓기를 하고 싶을 때 울어 댄다. 아, 멋있는 매미의 일생이여!

동작구청 정문을 지나서 현관 안으로 들어가면, 홍색 유니폼을 입은 안내양 두 사람이 안내 데스크 뒤에 서서 방문객을 맞는다. 동작구의 미인들인 것이다.

안내양 뒤쪽에 있는 본관 벽에는 원 모양의 시계가 걸려 있다. 현관에서 볼 때에 위치가 바로 엘리베이터 입구의 오른편 벽의 위쪽이어서 누구나 쉽게 볼 수 있는 자리다.

이 시계 바로 밑에는 '꺼꾸로 가는 시계'라는 글씨가 붙어 있다. 시계의 12라는 숫자가 아래쪽에 있으며 시계 바늘은 왼쪽으로 돌고 있는 것이다. 일부러 그런 시계를 걸어 놓은 것 같다.

구청에서 하는 컴퓨터 교육을 받던 어느 날, 나는 안내양에게 '꺼꾸로 가는 시계'를 달게 된 이유를 물어 보았다. 직원들이 일할 때에 구민의 입장에서 생각하라는 암시라고 하였다.

그 말이 내게는 참매미 소리처럼 시원하게 들렸다. 구청 공무원들은 역지사지(易地思之)의 마음으로 민원을 처리한다고 하니, 이

보다 시원한 소리가 어디 있으랴.

컴퓨터 교실은 구청 5층에 있다. 전산교육장에서 55세 이상인 남녀 동작 구민들이 초급반, 중급반 그리고 고급반으로 나뉘어 여선생들에게 한 달간 컴퓨터를 배운다. 수강료는 무료이다.

나는 이번 달에 중급반에서 문서 작성을 배우고 있다. 매주 월요일과 수요일과 금요일 오후에 2시간씩 강의를 들어야 이수증을 받는다. 타자 연습도 열심히 하고 있다. 컴퓨터로 글을 쓰라고 두 아들과 딸 삼 남매는 나에게 노트북 컴퓨터를 사 주었다.

구청에서 6월에 실시한 '제5회 실버 정보화 경진대회'에 참가하여, 7월 13일 구청장에게서 상장을 받았다. 부상인 도서 상품권으로는 책을 샀다. 신문에 자판을 두드리는 나의 사진과 「나도 할 수 있다」라는 제목의 기사가 실리어 기분이 좋았다.

그런데 노인들은 바탕 화면에 영상이 잘못 뜨면 '어이쿠' 하고 소리를 지르는 수가 있다. 또 수업 중에 큰 목소리로 대화를 나눈다. 젊은 여선생이 "왜 그리 시끄러워요!" 하고 웃는데도 말이다.

그런 때의 우리 목소리는 옆에서 울어 대는 왕매미 소리 같다. 우리 노인들은 말을 아껴야 귀염을 받는다.

(2005. 7)

춘향전 읽기의 즐거움

내가 『춘향전(春香傳)』이라는 소설을 읽은 것은 고등학고 일학년 때이다. 늦깎이 춘향전 애독자이다. 칠순이 되던 지난해까지 아홉 종의 편저본을 읽었다. 춘향전 이야기는 두고두고 읽을 수록 맛있다.

올봄에 내가 서재에서 읽고 있는 『춘향전』은 27년 전인 1977년에 소년생활사에서 펴낸 것이다. 표지 안쪽에는 '4학년 3반 이지연'이라고 적혀 있다. 딸에게 이 소설을 읽히고, 함께 글의 내용을 요약하던 풍경이 기억에 새롭다.

조선 숙종 때에 전라도 남원부(南原府)에 용모가 아름답고 글재주가 남다른 성춘향(成春香)이라는 처녀가 있었다. 퇴기 월매(月梅)의 외동딸이다. 남원에 한양 명가의 후예인 이 한림이 부사로 부임하게 되었다. 한림(翰林)이란 예문관(藝文館)의 정9품 벼슬 이름이다. 사또에게는 풍채가 걸출하고 문장이 뛰어난 몽룡(夢龍)이라는 아들이 있었다.

어느 화창한 봄날, 이 도령은 하인 방자(房子)를 데리고 고을 구경을 나섰다가 광한루에서 춘향을 만나게 되었다. 첫눈에 반한 이 도령은 그녀의 집을 찾아가 월매 앞에서 춘향과 백년 가약을 맺었다. 춘향의 몸종인 향단(香丹)은 주인을 깍듯이 모셨다. 춘향이의 행복은 오래 가지 않았다. 사또에게 한양서 동부승지(同副承旨)에 임명한다는 교지(敎旨)가 내려왔다. 이 도령은 춘향에게 훗일을 기약하고 한양으로 올라갔다.

단옷날에 아내와 함께 고속버스를 타고 남원의 광한루원(廣寒樓苑)을 찾아갔다. 이 도령이 된 기분으로 정문을 지나 잔디밭을 끼고 똑바로 걸어가니, 짚으로 지붕을 인 월매의 집이 나타난다. 집 앞에는 그네도 있다. 월매는 남원 기생이었다. 성가라는 양반의 첩이 되어 춘향이를 낳았다. 월매는 이 도령이 한양으로 올라간 다음에는 눈물로 지냈다. 이 도령은 열심히 공부하여 과거에 장원 급제하고, 암행어사가 되어 남원으로 떠났다. 나는 식탁에 앉아 동동주로 목을 축였다.

우리는 북쪽으로 걸음을 옮겨 나갔다. 오른편에 완월정이라는 정자가 있고 왼편에는 토산물 매점들이 있다. 얼마쯤 걸어가니까 홍예(虹霓) 튼 다리가 보인다. 오작교(烏鵲橋)이다. 화강암과 천석(泉石)으로 쌓았다. 다리가 예쁘게 생겼다. 오작교로 말하면 이 도령이 남원에 살았을 적에 춘향의 그네 뛰는 모습을 바라보던 곳이다. 이 도령이 어사또가 되어 춘향의 집을 찾아갔을 적에도 건넜던 다리다. 오작교를 배경으로 하여 사진을 찍었다.

다리를 건너니 팔작지붕을 한 중층 누각이 버티고 섰다. 광한루(廣寒樓)이다. 전면 5칸 측면 4칸의 다포계 건물이다. 호남에서 가장 뛰어난 누각이라고 한다. 이 도령은 광한루에 올라 방자에게 버드나무 숲에서 그네 뛰는 춘향을 불러 오라고 일렀다. 춘향은 조신한 걸음으로 광한루에 올라와 이 도령 앞에 섰다. 나이는 이 도령과 동갑인 16세였다. 두 사람은 천생연분이었다. 누각 앞에는 연못이 있다. 은하수를 상징한다고 한다. 연못 가운데에는 영주섬과 방장섬이 떠 있다.

광한루를 돌아가니 저만큼 비석들이 남쪽을 보고 횡렬로 서 있다. 역대 남원 부사들의 송덕비라고 한다. 이 한림의 후임인 변학도(卞學道)의 비석이 있나 살펴보았다. 신관 사또는 춘향을 불러다 놓고 수청을 거행하라고 명하였다. 춘향이 거절하자 큰칼을 씌워 옥에 가두었다. 본관 사또는 생일날에 가까운 읍의 수령들을 불러들여 잔치를 벌였다. 육각 풍류 소리가 나는 가운데 기생들이 춤을 추었다. 수령들은 차운(次韻)을 한 수씩 해 보았다. 바로 그때 걸인으로 변장한 어사또가 끼어들어 시를 지어 올리고 물러갔다.

금준미주(金樽美酒)는 천인혈(千人血)이요
옥반가효(玉盤佳肴)는 만성고(萬姓膏)라
촉루낙시(燭淚落時) 민루낙(民淚落)이요

가성고처(歌聲高處) 원성고(怨聲高)라

원전인 『열여춘향슈졀가』에는 "이 글 듯슨 금동우에 아롬다온 술은 일만 빅셩의 피요 옥소반의 아롬다온 안주는 일만 빅셩의 기름이라 촉불 눈물 써러 질 씌 빅셩 눈물 써러지고 노릭 소릭 놉푼 고듸 원망 소릭 놉파더라"라고 씌어 있다. 이 글을 영어로 옮겨 보면 이러하리라.

Delicate wine in golden cups

Is a thousand people's blood;

Tasty foods on jade dishes

Are ten thousand people's flesh.

When wax drips from the candles,

Tears of the people fall;

Where high songs are sung,

Cries of the people are loud.

본관 사또는 시의 뜻을 몰라보았다. 운봉(雲峰)만이 일이 났음을 알아채었다. 육방 관속을 불러 주변 단속을 시켰다. 본관 사또가 "춘향을 급히 올리라"하고 주광(酒狂)이 났다. 그때에 삼문 밖에서 "암행어사 출두야!" 하는 소리가 들려 왔다. 강산이 무너지고 천지가 뒤집히는 듯하였다.

서리와 역졸들이 본관 사또를 잡아내어 동헌 바닥에 꿇어앉혔다. 어사또가 대상(臺上)에 좌정하여 "본관은 봉고파직(封庫罷職)하라" 하고 분부하였다. 고을 옥수들을 올리게 하여 문죄해 보고 죄가 없는 사람은 놓아 주었다. 춘향의 차례가 되었다. 본관 사또의 수청을 거역한 계집이라는 말을 듣고는 "너 같은 년은 죽어 마땅하되 내 수청도 거역할까" 하고 호통을 쳤다. 고개를 들어 보니, 걸객으로 왔던 낭군이 대상에 앉아 있었다.

우리는 송덕비과 작별하고 오른쪽으로 걸음을 옮겼다. 대문이 있기에 안으로 들어갔다. 춘향사(春香祠)이다. 춘향의 영정이 봉안되었다. 다정한 모습이다. 춘향이가 광한루에서 이 도령을 처음 만났을 때의 모습을 그린 것이리라. 대문을 나와 남쪽으로 향하자, 섭섭한 생각이 들었다.

성부사 비를 보고 잔디밭 옆을 지나서 정문을 나서니, 해가 뉘엿뉘엿 저물어 간다.

[2005. 8 〈白眉文學〉 11집]

육교 풍경

노량진역 남쪽의 보도 육교는 건너편 노량진동, 북쪽의 본동, 그 너머 상도동 그리고 서쪽에 있는 관악산 가는 길의 길목이다.

이 보도 육교는 건설된 지 12년이 되었다. 나는 역전 마을인 노량진동의 터줏대감이다. 그 보도 육교 위에는 노점이 생기더니, 4년 전에 육교 등이 설치된 후부터 많이 늘었다.

노점 상인들은 대부분 허드레옷을 입은 나이 많은 사람들이다. 남성들이 파는 물건은 편지 봉투, 필통, 관광 지도, 건전지, 자명종, 효자손, 면봉, 깔창 들이다. 여성들이 파는 물건은 봄 산딸기, 여름 참외, 가을 밤콩, 겨울 감귤, 머리핀, 브로치 따위이다.

올봄 어느 날 오후였다. 내가 노량진역 대합실을 나와 보도 육교로 들어서자, 작은 인형을 늘어놓은 진열대 위에 이상한 글씨가 붙어 있었다. 흰 종이에 검은빛 유성 잉크로 굵고 큼직하게 '옷 벗는 푸우'라고 적어 놓았다. 무슨 말인지 알 수가 없었다.

그런데 진열대 옆에 앉아서 그 물건을 파는 노점 상인은 중년 여성이었다. 얼굴이 햇볕에 그을었으나 이목구비가 반듯한 것이 귀염성이 있어 보였다. 어디서 본 얼굴일까. 그림책에서 본 얼굴이다. 안 디스텔 인상파 그림 전문가가 짓고, 송은경 번역가가 옮긴 『르누아르』라는 책에서 본 여인의 얼굴을 닮았다. 인물화 「여름」에 나오는 여인을 닮은 것이다.

프랑스의 위대한 화가 피에르 오귀스트 르누아르는 인물화를 잘 그렸다. 그의 누드 그림인 「목욕하는 여인들」과 「잠자는 욕녀」와 「기대 누운 누드」에 나오는 인물들은, 눈이 크고 코가 오똑하며 얼굴이 둥그런 것이 복스러운 분위기를 풍기고 있다. 연전에 미국 시카고에 있는 시카고 현대 미술관에서 르누아르의 인물화를 본 것이 그의 작품을 좋아하는 계기가 되었다.

보도 육교 왼쪽의 빌딩 숲 너머로 지던 해가 오른쪽의 빌딩 숲 너머로 기우는 어느 날 점심나절이었다. 노량진시장 쪽의 보도 육교 위로 올라가니, 눈이 큰 그 중년 여성이 땡볕에 얼굴을 그을리며 머리핀과 작은 인형들을 팔고 있었다. 진열대 위에는 '17가지 옷 벗는 푸우'라는 글씨가 붙어 있었다. 보는 이의 관심을 끄는 문구였다. 옆 자리 남자들은 비치파라솔 그늘에서 규격 봉투와 볼펜을 팔고 있었다.

보도 육교 오른쪽의 빌딩 숲 너머로 해가 지더니, 어느덧 왼쪽의 빌딩 숲 너머로 해가 지는 계절이 되었다. 가을철로 접어든 것이다. 어느 날 해 질 무렵에 노량진역 대합실을 나와 보도 육교로 들어서니, 남자 상인들이 한군데에 모여 앉아서 김치찌개를 놓고 소주를 마시고 있었다. 육교 노점 상인들만이 향유하는 낭만이리라. 저만치에 그 중년 여성의 모습이 보이지 않았다. 궁금증이 일었다.

보도 육교는 11월이면 추웠다. 날씨가 따뜻한 어느 날 오후에 보도 육교 위로 올라가니, 그 중년 여성이 작은 인형을 팔고 있었다. 진열대 위에는 '29가지 옷 벗는 푸우'라는 글씨가 붙어 있지 않은가. 인형이 무슨 춤을 추는지 모르지만 가짓수가 늘었다. 돈천원을 그녀에게 주고 '옷 벗는 푸우'를 달라고 하였다.

그러자 그 여인은 작은 인형 하나를 집어 주며 휴대전화에 달아매라고 하였다. 도토리만한 크기의 살구색 인형들은 이름이 '푸우'인데, 곰의 모양을 하고 있다는 것이었다. 어린이 동화책에 나오는 캐릭터인 곰과 이름이 같으며 '옷 벗는다'라는 말은 자기가 지었다고 하였다. 내가 산 인형은 고무로 된 펭귄 모양의 원피스를 입고 있었다. 앞면이 하얀 고무 옷을 뒤로 젖히니까 인형의 배가 보였다. 웃음이 나왔다.

노량진역 앞 보도 육교에 봄볕이 들었다. 육교 왼쪽의 빌딩 숲 너머로 지던 해가 점점 오른쪽의 빌딩 숲 너머로 넘어갔다. 해가 질 무렵에는 노점 상인들이 모여 앉아 마른안주에 동동주를 마시는 풍경도 눈에 띄었다. 옆에서 '푸우'를 파는 그 여인은 나를 보면 웃었다.

[2005. 8 〈白眉文學〉 11집]

구두 병원

구두 병원이란 내가 단골로 다니는 구두 수선 부스를 일컫는다. 가게 이름이 구두 병원이다. 사육신공원 앞 큰길인 노량진로로 해서 남쪽 마을로 들어가는 입구에 자리하고 있다.

구두 병원 앞 보도에는 행인이 많다. 부스에서 창밖을 내다보면 맞은편 닭구이집이 안까지 훤히 보인다. 닭구이집을 찾는 손님들은 대부분 젊은이들이다. 부스 뒤쪽은 큰길이다.

그 구두 가게 앞을 지나갈 때면, 나는 계용묵의 「구두」라는 수필이 머리에 떠오른다. 이 작품에는 구두 뒤축에 쇠징을 박고 구두를 신었다는 말이 나온다. 구두 하면 쇠징 소리가 생각난다.

올봄 어느 날이었다. 아침나절에 집을 나와 마을 길로 해서 큰길로 나섰다. 구두 병원 문이 열려 있기에 들어가 구두를 맡겼다. 주인은 나의 밤색 구두를 닦으며 귀여워 보인다고 하였다. 구두 닦는 값이 2천 원이었다. 가격이 작년과 같기에 올리지 않느냐고 물었다.

그는 지난해 12월에 중앙구두수선협회에서 요금을 2천 5백 원으로 올렸으나, 단골손님이요 경로 우대 대상자에게서는 옛날 요금을 받는다고 말하였다. 봉사료를 덜 받는다는 소리였다.

여름이 왔다. 날씨가 몹시 더운 어느 날 저녁 무렵에 마을로 들어가는 입구를 향해 보도를 걷다가 구두 병원에 들렀다. 뒤축의 닳은 부분에 고무징을 대고 2천 원을 주었다. 하이힐이 옆에 있기에 남성과 여성 중에 어느 편이 구두를 자주 닦느냐고 물었다.

구두 병원 주인은 여자들이 구두를 자주 닦는 편이라고 말하였다. 구두는 거울과 같은 것이라고 하였다. 손님의 구두를 닦아 보면 손님의 성품을 알 수가 있다는 것이었다. 여자 친구가 있으면 같이 오라고 하였다.

가을이 되었다. 산들바람이 불기 시작하던 어느 날 오후에 마을 서점에 들렀다가 구두 병원을 찾았다. 주인은 나의 구두 뒤축에 고무징도 대고 구두도 깨끗이 닦고 나서 4천 원을 받았다. 구두 병원 수입으로 생활은 되느냐고 물었다.

그러자 주인은 구두닦이 벌이로 살아간다고 말하였다. 자기 동네에는 고아원이 하나 있는데, 수입에 맞추어 다달이 얼마를 준다고 밝혔다. 원아들의 사정을 아는지라 그렇게 하고 있다는 것이었다.

날씨가 점점 추워졌다. 눈이 내리는 어느 날 점심 무렵에 우산을 쓰고 구두 병원에 갔다. 구두 뒤축에 고무징을 대어 달라고 하였다. 주인은 새우깡 스낵을 나에게 권하며, 뒤축에 본드를 바르고 고무징을 댄 다음에 잔못을 많이 박았다.

주인은 나에게 "노인은 길을 걸을 때에 구두를 끌지 말고 걸어야 합니다."라고 말하였다. 그는 목청을 가다듬고, "어르신은 연세도 많을 터이니 육교 계단을 오를 때에 넘어지지 않도록 주의해야 합니다."라고 덧붙였다.

겨울이 가고 봄이 왔다. 우리 집 뜰에 라일락꽃이 한창이던 어느 날 오후에 고시원 골목으로 해서 큰길로 나섰다. 플라타너스에 새잎들이 돋고 있었다. 구두 병원 앞에 이르렀더니 안에 고객이 있기에, 가로수 옆에 서서 맞은편에 있는 닭구이집을 바라보았다. 손님들이 많았다.

한참 기다려서 구두 병원에 들어갔다. 주인이 반갑게 맞아 주었다. 나는 구두를 닦아 달라고 하면서 닭구이집에서 치킨을 사서 먹는 사람들을 보면 군침이 돌지 않느냐고 물었다.

주인은 치킨을 좋아하는 사람치고 살이 찌지 않는 사람이 없다고 말하였다. 몸에는 밥과 김치와 된장국이 제일이라는 것이었다. 건강한 사람이 구두에 광을 낸다고 하였다.

어느덧 여름이 되었다. 어느 날 노량진시장에서 장을 보고 큰길로 나와 한강대교 쪽으로 걸었다. 구두 병원에 들러서 참외도 전하고 흙이 묻은 구두도 닦을 셈이었다.

저만치 구두 병원이 보였다. 구두란 사람의 성격을 비추어 보는 물건이라고 하지 않는가. 이번에는 구두 병원에서 어떤 이야기를 듣게 될까.

(2005. 9)

9. 조선 가구

무창포(武昌浦) 낙조

목 화

조선 가구

포장마차

방범등 불빛

무창포 낙조

무창포(武昌浦) 낙조

웅천역(熊川驛) 관광홍보실로 들어가니, 섬 너머로 지는 해를 찍은 낙조 사진과 다음과 같은 글이 벽에 걸려 있었다. '보령 팔경 중 하나로 꼽히는 무창포 낙조는 주변의 섬들과 어우러져 아름답고 섬세한 황혼을 연출한다.'

우리는 웅천역에서 나와 미니 버스를 타고 서쪽의 무챙이로 향하였다. 기사에 의하면, 무챙이는 무창포의 애칭이며 이 도로는 1950년대만 해도 비포장길이었다. 아내는 육이오 전쟁 때에 피난했던 윗간드리와 무챙이 낙조가 보고 싶다고 하였다. 고개를 넘으며 10여 분을 달리니, 멀리 바다가 보였다.

이윽고 무창포 버스 정류장 앞에 다다랐다. 미니 버스에서 내리자 관당리(冠堂里) 상가라는 안내판이 눈에 띄었다. 도로변에는 상점과 음식점들이 즐비하였다. 정류장 뒷길로 해서 아랫간드리로 들어갔다. 콘크리트 포장길 아래는 논이었다. 마을 사람에게 길을 물어가며 위쪽으로 걸어 올라갔다.

마을 맨 윗집 앞에 이르렀다. 윗간드리에 온 것이었다. 이번이 두 번째 방문이었다. 아내가 집을 보더니, 옛날 집이 맞다고 하였다. 지붕이 함석으로 바뀌었고, 대문이 철문으로 된 것 이외에는 대청마루며 방문의 위치며 집의 모습이 옛날과 같다고 하였다. 마침 마당에서 검정콩을 털고 있던 할머니가, 아내의 말을 듣고는 일가가 된다며 반가워하였다. 아들이 도회지에 살고 있어서 혼자 농사를 짓고 있다는 것이다.

아내의 설명에 따르면, 할머니가 사는 집은 아내의 할아버지가 살았던 집이다. 서울에서 부유한 한의사 집안의 딸로 태어나 여자 중학교에 다니던 아내는, 육이오 전쟁이 일어나자 부모를 따라서 윗간드리로 피난을 와서 할아버지 집에서 지냈다. 바다에서 가끔 함포 사격 소리가 들려 왔다. 공산 치하 때에는 읍내 인민위원회에서 유지는 북한으로 납치하고 청년은 의용군으로 끌고 갔다. 아버지와 오빠는 뒷산에 숨어 살았다.

어느새 가을 해가 서쪽으로 기울었다. 우리는 일가 할머니의 따뜻한 전송을 받으며 발길을 돌렸다. 시골 풍경에 눈을 돌려 보니, 모습이 많이 변하였다. 지난날의 초가집은 흔적조차 없었다. 오렌지색 벽돌로 지은 민박집이 눈길을 끌었다. 논에서는 농부들이 콤바인으로 벼를 수확하고 있었다. 아낙네들은 밭에서 콩을 뽑고 있고. 무창포 낙조를 놓칠까 봐 걸음을 재촉하였다.

무창포 버스 정류장 앞에서 도로를 건너가자 바다가 보였다. 바닷가의 산책로에 빌딩이 많이 들어섰다. 수년 전에 왔을 때에는 음식점이 두어 채 있었다. 해가 많이 기울었다. 낙조 구경을 나오는 사람이 늘어 갔다. 바닷가의 모래를 밟으니 부드러웠다. 모래 위로 파도가 포말을 일으키며 몰려왔다 물러간다. 해가 바다를 물들이자, 파도 소리가 커진다.

우리는 해가 지는 쪽을 향해 걸음을 옮겼다. 해가 앞쪽에 있는 섬의 나무 위에 걸렸다. 잠시 쉬어 갈 모양이다. 해가 섬 왼쪽으로 기울어진다. 우리도 어느새 섬 왼쪽 바닷가에 와 있다. 해가 수평선 너머로 장엄하게 졌다. 피난 시절 이후로 아내가 보지 못한 서해 낙조가 아닌가. 나는 무창포 낙조가 처음이다. 엷은 구름이 낀 탓에 낙조는 화려하지 않으나, 바다 뒤로 해가 꼴딱 넘어가는 모습이 멋있다.

아내는 일몰이 아쉽다고 말하였다. 섬 가는 방파제 입구에서 해물을 파는 아주머니가 낙조가 흐리니 다시 오라고 하였다. 그러나 언제 다시 오겠는가. 파도 소리는 더욱 커졌다.

아내가 해물 장수 아주머니에게서 말린 박대와 조갯살을 샀다. 무창포 해물이 맛있다는 것이다. 시장바구니를 나눠 들고 발길을 돌렸다. 밤의 파도 소리를 들으며 해안을 걸었다.

(2005. 10)

목 화

올해 식목일에는 옥상에 있는 큰 화분에 목화씨를 심었다. 지난 2월에 내가 문우들을 따라 경남 산청군 단성면 사월리에 있는 목면시배유지(木棉始培遺址)를 방문했을 때에, 어떤 여선생이 사 주었다.

목면시배유지 안내인에 따르면, 고려말 문익점(文益漸) 선생은 공민왕 12년(1363)에 사신의 일원으로 원(元)나라에 갔다가 귀국하는 길에 붓대 속에 목화씨 10개를 숨겨 가지고 왔다고 하였다. 이곳에 목화씨를 심었는데 그중의 하나가 싹텄다는 것이었다.

목화씨는 10일이 지나자, 타원 모양의 잎들을 흙 밖으로 내밀었다. 어린싹을 보니 반갑기가 그지없었다. 어린싹에 거름을 주었다. 또 10여 일쯤 되니, 쌍떡잎 사이에서 잎 끝이 뾰족한 하트형의 본잎이 나왔다.

신록의 5월이 되었다. 본잎이 네 개로 늘어났다. 새잎들은 나팔꽃의 잎을 닮았다. 화분이 목화밭으로 변한 것 같았다. 아침마다 '꽃은 목화가 제일이다'라는 속담을 생각하며 망초와 괭이밥을 뽑아 주었다.

그런데 개미가 목화 잎에 꾀기에 들여다보니, 잎 뒷면에 진딧물이 번졌다. 국민학교 4학년 때에 개미는 진딧물을 물어 나른다고 배운 적이 있었다. 개미가 더듬이로 진딧물의 엉덩이를 두드리면, 진딧물은 단물을 배설하는데 그것을 받아 먹는다는 것이었다.

어느새 6월이 왔다. 목화들이 두 뼘 정도로 자랐다. 가지에 복주머니처럼 생긴 꽃봉오리가 많이 생겼다. 목화는 원산지가 인도여서 그런지 강한 햇볕을 좋아하였다. 물을 줄 때마다 예쁜 꽃이 많이 필 것이라는 기대가 부풀었다. 목화가 어서 자라기를 바랐다.

여름이 짙어 가니, 목화 하나가 백색 꽃을 피웠다. 넓적한 꽃잎이 다섯 장이었다. 모양이 흰 모시 적삼 같았다. 다음 날 붉게 변하여 떨어지고 다른 봉오리가 벌어졌다. 그 옆에 있는 목화의 봉오리도 활짝 피었다.

꽃들이 진 자리에 초록색 둥근 다래가 열렸다. 수필(隨筆)이라는 열매가 달린 것 같았다. 여린 다래는 단맛이 난다고들 하였다. 다래가 지름 3센티미터 가량의 복숭아 모양으로 변해 갔다.

다래가 8월 햇빛을 받아 밤송이처럼 벌어졌다. 목화가 하얀 목화송이를 출산하였다. 정성을 들여 솜을 땄다. 솜 속에는 씨가 많이 들어 있었다. 종이로 싸서 상자에 넣어 두었다.

어느 날, 솜을 꺼내 보니 양이 많아 보였다. 솜에서 씨앗을 빼낼 일이 걱정이었다. 솜틀집에 들고 가기에는 양이 너무 적었다. 옛날에 어머니가 쓰시던 씨아가 있으면 좋으련만.

양복감이 귀하던 시절, 어머니는 목화솜에서 실을 자아 베틀로 무명을 짰다. 아버지는 무명 양복을 입고 자전거를 타고 도청에 다니셨다. 인고의 세월을 견디신 아버지여!

해가 점점 짧아졌다. 옥상에 햇빛의 양이 줄었다. 목화 잎들이 붉어지고 다래도 더디 벌어진다. 아, 가을이구나!

(2005. 10)

조선 가구

내 산책 코스의 하나인 상도동길에서 장승배기 네거리 쪽으로 걸어가다 보면, 오른편 인도에 '조선가구'라는 고물 상점이 있다. 말이 상점이지 판잣집이나 진배없다.

어느 무더운 여름날이었다. 이날 오후에도 평소와 다름없이 동네 길을 걸어서 상도동길로 나섰다. 장승배기 쪽으로 발길을 옮기다가 조선가구 앞에 이르렀다.

마침 문이 열려 있기에 들어가 보았다. 허름한 옷을 입은 중년 남자가 화로며 촛대며 곰방대며 갖가지 고물을 정리하고 있었다. 상점 안에 손님인 내가 있는 줄도 모르고.

그 뒤로 고물 상점 앞을 지나갈 때면, 상점 안을 들여다보는 버릇이 생겼다. 안에 널려 있는 것들은 그을음이 낀 등잔, 손때 묻은 등잔걸이, 녹슨 놋그릇, 오래 된 맷돌, 겉장이 찢어진 고서 따위였다.

그 이듬해 봄, 상도동길 초입에 있는 버들에 새싹이 파릇파릇 돋아나는 어느 날이었다. 상도동길을 걷다가 고물 상점 앞에서 주인을 만났다. 주인은 산뜻한 운동복을 입었다.

장사가 잘되느냐고 물었더니 잘된다고 말하였다. 건너편 아파트 촌에 사는 사람들이 고물을 헐값으로 판다는 것이었다. 물건 중에는 희귀한 것도 있다고 하였다.

나는 마음에 드는 등잔과 등잔걸이가 눈에 뜨이면 사고 싶었다. 시골에서 등잔불과 친하게 지냈다. 어릴 때부터 고등학교 때까지 등잔불을 켜고 책을 읽었던 것이다.

어느새 여름이 가고 가을이 되었다. 길가에 플라타너스 잎들이 뚝뚝 떨어지는 어느 날, 동네 앞길로 해서 동작구청 앞 큰길로 나왔다. 남쪽으로 조금 걸어 올라가니, 길가에 목장승 한 쌍이 우뚝 서 있었다. 남자 장승인 천하대장군은 밑부분에 긁힌 자국이 많았다.

네거리에 있는 표지석에 보니, 장승배기는 정조(正祖)가 부친 사도 세자(思悼世子)의 현륭원(顯陵園)에 참배하러 가면서 쉬었던 곳이란다. 샛노란 은행잎이 날리는 이 길로 해서, 고물 상점 앞을 지나갔다.

겨울이 찾아왔다. 해가 바뀌니 눈이 많이 내리고 길이 빙판이 지는 날이 잦았다. 그런 날이면 되도록 산책 나가기를 삼갔다. 노인은 넘어지면 골절상을 입는다. 낙상 조심이 제일이다.

어느날 오후에는 눈이 많이 내리기에, 우산을 받고 동네 뒷길로 해서 상도동길로 나왔다. 눈이 내리는 풍경을 즐기며 아파트 단지 앞을 지나서 장승배기 가는 길을 걷노라니, 기분이 상쾌하였다.

걸음을 조심스럽게 옮기며 고물 상점 앞에 이르렀다. 눈길 위에는 먹으로 글씨를 쓴 종이가 널려 있었다. 헌 책장들이었다. 호기심에 몇 장을 집어 들었다. 뜻밖에 '至樂莫如讀書至要莫如敎子'라는 글이 눈에 띄었다. 글씨에 진흙이 묻었다.

그 글은『명심보감(明心寶鑑)』의「훈자편(訓子篇)」에 나오는 말이다. 운필은 달필이 아니나, 내용은 '지극히 즐거운 것은 글 읽는 것 같은 것이 없고 지극히 요긴한 것은 아들 가르치는 것 같음이 없다'라는 뜻이다. 누가 길에다 버렸을까.

이것은 10여 년 전의 이야기다. 고물 상점이 있던 자리에는 상가 빌딩이 들어섰다. 상가 앞 상도동길은 크게 확장되었다. 장승배기 네거리에는 지하철역이 생겼다. 역 주변은 은행과 큰 상점이 즐비한 거리가 되었다.

어문 교육은 이렇게 변하였다. 내가 1999년 12월에 새로 발급받은 주민등록증에는 이름이 '이경구(李京求)'라고 적혀 있었다. 동작구청 담당자에게 전화를 걸어 "호적에 한문으로 씌어 있는 이름을 어째서 국한문 병용으로 변경했어요?" 하고 항의했더니, 상부의 지시에 따랐다는 것이었다.

2002년 3월에 내가 종각역에 있는 영풍문고에서 구입한 초등학교 교과서『생활의 길잡이 5』에 보면, '명심보감'이라는 서명(書名)이 나온다. 그런데 이 말의 풀이가 없다.

그 책에는 "예부터 우리나라는 동방예의지국(동쪽의 예의바른 나라)으로 불려 왔습니다."라는 말도 있다. 괄호 안의 풀이는 '東方 禮儀之國'으로 바꿔야 하지 않겠는가. 한글 전용은 무리라고 생각 된다.

금년 5월에 나는 장승배기 네거리에서 고물 상점의 주인을 만 났다. 어디에 사느냐고 물었더니, 강남구에서 고물 장사를 한다 는 것이었다. 옛날 등잔과 등잔걸이를 구해 달라고 하였다.

[2005 가을 〈계간 한국수필가〉 4호]

포장마차

노량진역에서 내려 육교를 건너 동네 시장 초입에 들어서면, 젊은 여성이 학원 빌딩 앞에서 운영하는 '떡볶이&오뎅'이라는 포장마차가 있다. 며칠 전에 새로 생겼다.

나는 겨울 내내 산책 삼아 그 가게 앞을 자주 지나다녔다. 다른 데에 비하여 간판 이름이 재미있다. 메뉴는 떡볶이, 오뎅, 김밥, 토스트, 다꼬야끼, 샌드위치, 핫도그이다. 저녁 무렵에 학원 학생들이 의자에 앉아서 간식을 하며 피곤을 푸는 풍경은 정겨워 보였다.

그 가게 옆에서는 얼굴에 주름이 많은 여성이 '엄마손떡볶기'라는 가게를 하고 있었다. 얼큰떡볶이, 비빔국수, 볶은감자, 오뎅, 김밥 따위를 팔았다. 가게 의자에는 남녀 학생들이 차 있었다. 나는 떡볶이를 사 먹었다. 그런데 새해 들어 옆 자리에 젊은 여성이 가게를 낸 뒤부터 고객이 줄어서 문을 닫았다.

나는 젊은 여성의 가게 앞을 지나갈 때면, 가게 앞에 고객들이 없어서 행인들만 멍하니 바라보던, 그 나이 든 포장마차 주인의 얼굴이 생각났다. 젊은 여성의 가게가 장사 경쟁에서 이기게 된 것은 젊음에 있다고 생각하니, 눈 밑에 주름이 늘지 않았으면 좋겠다.

동네 시장에 벚꽃이 필 무렵에 나이 먹은 여성이 하던 포장마차 자리에 어떤 젊은 여성이 포장마차를 내었다. 가게 이름이 'Miss 맛나'이다. 주인은 전문대학을 나왔다고 한다. 메뉴는 다른 가게의 것과 비슷한 떡볶이, 오뎅, 토스트, 김밥, 군만두, 핫도그 들이다. 가게 앞에는 고객들이 모여들었다.

나는 음식 영업의 비결은 주인이 젊어야 하고 가게 이름도 현대적이어야 함을 알게 되었다. 근처에는 학원이 많다 보니, 동네 시장에는 학원 학생들을 상대로 하는 포장마차들이 생기고 경쟁도 심하다. 음식점의 쇠고기국밥은 한 그릇에 5천 원에서 6천 원 정도이고, 포장마차의 음식은 한 꼬치 또는 한 그릇에 1천 원에서 2천 원 정도이다.

한번은 동네 시장에 어떤 음식점이 있는가 눈여겨보았다. 간판들이 '분식일번지&오뎅', '할머니순대국과감자탕', '오며가며', '돼지저금통', '이모네곱창집', '흐르는강물처럼' 따위 한글 이름인데, 모두 새로 생겼다. 전에 있던 '진천식당'이니 '솥뚜껑'이니 '고향맛'이니 하는 음식점은 보이지 않았다. 부침이 많은 생업이여!

동네 시장의 벚나무 잎들이 붉게 물들 무렵에 미국 시애틀에서 제약 회사에 다니는 딸이 어린 아들 둘을 데리고 노량진동 친정에 다니러 왔다. 어린것들을 데리고 금의환향하는 딸을 보니, 반갑기 그지없었다. 아내가 영어로 "You returned to your old home in glory." 하고 말하자, 딸이 "어머니, 연습했어?" 하고 화답하였다.

나는 딸에게 뭣이 먹고 싶으냐고 물었다. 떡볶이가 먹고 싶다고 하였다. 동네 초등학교에 다녔을 적에 포장마차에서 떡볶이를 사 먹은 적이 있는데, 그때 생각이 난다는 것이다.

(2005. 11)

방범등 불빛

　나의 침실 창문 밖에는 전봇대에 방범등이 가설되어 있다. 십여 년 전에 파출소에서 마을 주민들의 진정을 받고 달아 주었다.

　나는 새벽 두세 시쯤에 잠이 깼었다가 다시 잠이 드는 버릇이 있다. 잠이 깼었을 때에는 곧 일어나 창문 밖을 내다본다. 그런 때면 방범등 불빛이 담장 너머 골목에 가득하다.

　그런 밤 풍경에 대한 나의 감상은 계절에 따라 다르다. 방범등 불빛이 나에게 즐거운 인상을 주는 풍경은 비를 맞는 장면이다. 특히 봄 또는 여름의 오랜 가뭄 끝에 쏟아지는 해갈의 비를 맞는 장면은 일품이다.

　어느 날 더위로 인해 토끼잠을 자다가 깨어 보니, 경대 서랍 위에 있는 자명종이 새벽 3시를 가리키고 있었다. 여느 때처럼 창문을 열고 밖을 내다보았다. 귀뚜라미 소리가 들려 왔다. 오늘이 입추로구나. 방범등 불빛이 골목을 비추고 있다. 어제 아침나절에 고려대 안암병원 장례식장 301호실에서 뵈온 원로 수필가 조경희 님의 영정 사진이 눈앞에 떠오른다.

내가 여걸이신 조경희 님을 사모하게 된 것은 외교관을 퇴임한 지 4년째 되는 1996년에 소설가 정비석의 『나비야 청산가자』라는 자전 에세이집을 읽은 것이 계기가 되었다. 작가는 책에서 해방 후에 중앙신문에 같이 근무할 때의 우정에 대해 "조경희의 넉살만은 알아 주어야 할 일이다"라고 기록하고 있다. 내가 가장 좋아하는 조경희 님의 작품은 '넉살'이라는 말과는 반대의 내용인 「얼굴」이라는 수필이다.

조경희 님은 1971년에 한국수필가협회를 창설하고 수필가들을 키운 분이다. 선생님은 1998년 12월 5일에 서울프라자호텔 22층 덕수홀에서 열린 한국수필가협회 송년회 석상에서 나에게 등단패를 주시었다. 그저께 2005년 8월 5일 돌아가실 때까지 원로 문인의 말년을 지켜본 나는 얼마나 행복했던가.

나는 등단 이듬해부터 한 달에 두 번씩 서울시청 뒤의 무교동 원창빌딩 7층에 자리한 한국수필가협회 사무실을 찾아갔다. 조경희 이사장님에게는 미국인명연구소(ABI)와 영국국제인명센터(IBC)로부터 편지가 많이 왔다. 편지의 내용을 보시고는 이력서를 보냈는데, 두 연구소의 인명사전(Who's Who)에 등재되었다. 동남아의 인명 센터로부터도 편지가 왔다. 답서의 초안을 작성하는 일이 그렇게도 즐거울 수가 없었다.

등단한 지 2년이 되는 2000년 연말이었다. 어느 날 저녁 무렵에 한국수필가협회 사무실에 들렀더니, 조경희 이사장님이 나에게 용돈을 주시었다. 양손으로 공손히 도로 드리자 "누이가 주면 받아야지."하고 화를 내시는 것이 아닌가. 선생님의 그 굵은 목청이 듣고 싶구나!

내 작품 중에서 가장 심혈을 기울인 글은 2002년 〈한국수필〉 8월호에 실린 「나라 사랑」이다. 나는 「고요한 아침의 나라」라는 제목의 원고를 한국수필가협회 편집실에 전했는데, 어떤 편집 위원이 글의 제목이 마땅하지 않다고 하였다. 훗날 조경희 이사장님은 "이 선생의 제목이 좋아요. 글 잘 썼어요." 하고 격려해 주시었다.

이듬해인 2003년 2월에는 이런 일도 있었다. 나는 그 달의 〈한국수필〉 통권 120호에 「나의 산책 코스」라는 글을 발표하였다. 이 글에는 교보문고 종로 출입문 맞은편의 피맛길 입구에 있는 맛집인 '대림식당'에 대한 이야기가 나온다. 식당 안주인은 잡지를 사려고 시청 뒤편의 한국수필가협회 사무실을 찾아왔다. 잡지를 10권이나 사는 것을 보자, 조경희 선생님은 그녀에게 나하고 어떤 사이냐고 물었다. 직원들은 폭소를 터뜨렸다.

이태가 지난 2005년 4월 하순이었다. 우리 마을 초입에 있는 서점과 광화문 교보문고를 방문한 뒤에 한국수필가협회 사무실에 갔다. 책을 보고 계시던 조경희 이사장님은 나를 보더니, 서랍에서 『趙敬姬 隨筆集』을 꺼내어 자서해 주시었다. 선생님 생애의 마지막 저서이다. 이 책의 「첫머리에」를 보니 "내가 글쓰기를 배우

기 시작한 것은 1934년이다."라는 말이 있다. 내가 태어난 해가
1934년이다.

한 달 후인 5월 하순 어느 날이었다. 무교동 거리의 가로수가
석양에 물들 무렵에 한국수필가협회 사무실에 들렀다. 조경희 이
사장님이 가는 목소리로 나에게 글은 다 썼느냐고 물었다. 내가
다 썼다고 대답하니까, 책의 제목은 정하였느냐고 되물었다. 책
의 제목은 '망초를 기르며'이며 원고를 퇴고중이라고 말하였다.
그러자 선생님은 책의 제목이 피부에 와 닿지 않는다고 하시었다.

기억도 생생한 6월 20일 오후이다. 대문을 나서니 날씨가 흐리
고 더웠다. 한국수필가협회 사무실을 방문하니, 조경희 이사장님
이 계시었다. 기운이 없다고 하시며 침상에 자꾸만 누우신다. 사
무국장인 이숙 수필가와 김상희 수필가가 지성으로 보살핀다.

이숙 님이 내가 추억이 많다고 한다고 전하니까, 일어나 앉으며
"글로 써!"하시었다. 한국 수필 문학의 큰 별이요 대모이시던 월
당(月堂) 조경희 선생님의 마지막 모습이다.

[2005. 11 〈한국수필〉 137호]

10. 스승 생각

안동손국시 (영등포 신세계백화점)

대야미(大夜味) 나들이

대야미(大夜味)에 가려면 전철 1호선을 타고 남쪽으로 가다가, 금정(衿井)에서 오이도(烏耳島) 가는 열차로 갈아타고 달리어 세 번째 역인 대야미(大夜味)에서 내린다. 근처 마을이 군포시(軍浦市) 대야미동이다.

나는 대야미 나들이를 다닌 지가 7년이 넘었다. 오전에 글을 쓰고 오후에는 자료 수집 또는 현장 취재를 위해 노량진 집을 나서는데, 계절의 변화를 보고 싶을 때에는 대야미를 찾았다. 대야미 못미처의 산본(山本) 터널을 지나면 서울의 온갖 공해를 벗어난 기분이었다.

역 마당에서 북쪽을 바라보면, 들 너머 대야미동 뒷산은 낮지만 금산(金山)의 형상을 하고 있다. 그 품에 마을이 안기고 있으며 하루 종일 해가 비친다. 산 중턱에는 무덤이 여러 기(基)가 있다. 가을에 봉분이 윤나 보이는 무덤들을 보노라면, 어렸을 때에 시골에서 들었던 상엿소리가 생각난다.

　　나는 간다 나는 간다 / 북망 산천 찾아간다 / 마지막 가는 길에 /
할 말이야 많다마는 / 대충대충 일러두고 / 나는 이렇게 떠나간다 /
일가 간에 잘 지내고 / 형제 간에 우애 있고 / 아들딸을 잘 길러라 /
그리운 내 고향아 / 인제 가면 언제 오나 / 아가 아가 울지 마라 / ……

　상엿소리는 첫머리와 행의 끝에 '어허 어하' 하는 후렴이 있는
데, 구슬픈 음조를 띠고 있었다. 상두꾼들은 나의 조부모를 상여
에 누이고 앞산으로 모실 적에 이런 소리를 읊었고, 부모를 상여
에 누이고 앞산으로 모실 적에도 이런 소리를 하였다. 그러기에
만가(挽歌)는 망향의 노래가 되었다.

　역 마당 아래쪽에 있는 죽암천 둑길을 걷노라면, 그리스 신화에
나오는 올림포스 산은 높지만 산형이 대야미동 뒷산과 비슷할 것
이라는 생각이 든다. 태양의 산인 올림포스 산에 사는 신 중에는
여신 에일레이티아가 있다. 인간의 출산을 주관한다. 세 자매 신
인 모이라들은 인간의 운명을 결정한다.

　인간 세상의 여자가 아기를 낳으면, 모이라 중의 맏이인 클로토
는 아기의 운명을 짠다. 클로토는 베를 짜는 여신이다. 둘째인
라케시스는 운명의 그림을 그린다. 라케시스는 은혜를 나누어 주
는 여신이다. 막내인 아트로포스는 라케시스가 준 운명을 아무
날 아무 시에 거두어 간다. 아트로포스는 거역할 수 없는 여신이

다. 나의 호기심을 끄는 여신은 막내이다.

대야미동 가운데에는 넓은 길이 동서로 뻗어 있다. 주택들 앞에는 밭과 논이 펼쳐져 있다. 봄에 밭에서 작물의 새싹이 돋는 모습을 보는 것은 복이다. 대지의 여신이 고맙다는 소리다. 농부들은 5월이 되면 이앙기로 논에 모를 심는다. 농부래야 할아버지들이다. 고추꽃이며 호박꽃이며 벼꽃이며 작물의 꽃을 보노라면, 마음이 흐뭇하기 그지 없다.

아낙네들이 막대기로 참깨를 터는 풍경이며, 빨간 고추가 마당에 널려 있는 풍경이며, 농부들이 콤바인으로 벼를 거둬들이는 풍경이며 가을 모습을 보는 것도 복이 있어야 기회가 주어진다. 눈이 오면 마을과 들과 산이 마치 소복을 입은 것처럼 하얗다. 열차가 눈을 맞으며 달리는 풍경도 볼거리이다.

역의 남쪽 출입구에서는 할머니들이 뻥튀기며 채소류 따위 물건을 팔고 있다. 겨울에는 모닥불을 피워 놓고 불을 쪼이며 판다. 한번은 어떤 할머니에게 다가가 고구마를 샀더니, 활짝 웃으며 비닐봉지에 담아 주었다.

출입구 남쪽에는 역전다방이 있다. 눈이 내리는 어느 날 다방을 찾았다. 난롯가에 앉았더니, 아가씨가 음료도 주고 시집도 소개하였다. 따끈한 커피를 마시며 시를 읽었다.

(2006. 1)

척화비 표지석

나는 가끔 종로 네거리의 보신각(普信閣) 뜰에 있는 '척화비(斥和碑) 있던 곳'이라는 표지석 앞을 지나, 청계천 쪽에 있는 단골 안과 의원에 가서 노안 치료를 받는다. 표지석 옆의 비석에는 '19세기 후반 고종의 생부(生父) 흥선 대원군에 의하여 서양인의 조선 침투를 방어 격퇴시켰다는 의미로 전국 주요 지역에 세웠는 바 그 중의 한 척화비가 있었던 곳'이라는 글이 새겨져 있다. 종각 뜰에 있는 나무들은 잎이 모두 졌다.

소설가 김동인(金東仁)에게는 『雲峴宮의 봄』이라는 소설이 있다. 그 작품의 내용인즉, 영조(英祖)의 5대손인 흥선군 이하응(李昰應)은 척신과 세가에게서 상갓집 개와 같은 괄세를 받아 왔는데, 철종(哲宗)이 후사가 없이 승하하자 둘째 아들 재황(載晃)이 철종의 뒤를 이어 26대 왕이 되게 하고, 흥선 대원군(興宣大院君)의 자리에 올라 섭정을 한다는 것이다. 대원군의 저택이었던 종로구 운니동

운현궁은 복원되어 문화 유산이 되었다.

보신각 뜰에 모란꽃이 필 무렵에 안과 의원에 갔다가 집으로 돌아가는 길에 탑골공원 뒤쪽에 있는 운현궁에 들렀다. 운현궁에는 흥선 대원군의 영정과 척화비 모형이 전시되어 있고 모란꽃 나무도 많았다. 쇄국 정책의 상징인 척화비 모형에는 '洋夷侵犯 非戰則和 主和賣國 戒我萬年子孫 丙寅作 辛未立'이라는 글을 새겨 놓았다. 서양 오랑캐가 침입하는데 싸우지 않음은 화친을 주장하는 것이요 화친을 주장함은 나라를 팔아 먹는 것이라는 뜻이다. 대원군은 1866년의 병인양요와 1871년의 신미양요를 겪은 뒤에 종로 네거리를 비롯하여 지방의 중요한 곳에 척화비를 세웠다.

미국 문헌에 보면 미국에서는 신미양요를 'The 1871 US Korea Campaign'이라고 부른다. 1870년 4월에 미국 국무부는 주청 공사 프레데릭 로우(Frederick F. Low)에게 조선과 무역을 하기 위한 조약을 맺고 제너럴 셔먼 호 사건을 조사하도록 지시했으며, 나가사키(長崎)에 주둔하고 있던 미국 아시아 함대 사령관 존 로저스(John Rodgers) 소장은 로우 공사의 임무 수행을 지원하라는 지시를 받았다. 이에 로우 공사와 로저스 소장은 1871년 5월 16일에 기함(旗艦) 콜로라도호(Colorado)를 비롯하여 군함 5척과 1230명의 병력을 인솔하고 나가사키를 출항하여, 5월 30일에 작약도(芍藥島) 근해에 다다랐다. 이어서 6월 1일에 모노카시호(Monocacy)와 팔로스호(Palos)는 소형 기정(汽艇) 4척을 이끌고 강화 해협에 진입한다.

저간의 상황에 대한 고종실록(高宗實錄)의 기록은 이렇다. 고종 8년(1871)인 신미년 4월 14일(양력 6월 1일)에 미국 군함 2척이 종선 4척을 이끌고 손돌목(孫乭項)으로 침입하였다. 광성진 포대의 조선 수비병들은 부득이 포격을 하였고, 미국 군함도 대포를 쏘아서 교전이 벌어졌다. 미국 군함들은 일단 물러갔다. 미국 대표는 조선 측이 평화적으로 탐측 활동을 벌이고 있는 미국 함대를 포격한 것은 야만 행위라고 비난하면서, 조선 측의 사죄와 군함에 끼친 손해의 배상 그리고 대표자의 파견을 요구하고, 10일 안에 회답이 없으면 보복 상륙 작전을 벌이겠다고 하였다.

루이스 킴벌리(Lewis A. Kimberly) 지휘관이 이끄는 651명의 수병과 해병들은, 6월 10일 미국 함대의 함포 사격 지원을 받으며 초지진(草芝鎭)에 상륙하여 이를 점령하였다. 이어서 6월 11일에 육해 공동 작전으로 덕진진(德津鎭)과 광성보(廣城堡)를 차례로 공격하여 점령하고, 그 다음 날 대장의 군기인 수자기(帥字旗)와 무기들을 노획하여 가지고 함대로 돌아갔다. 미국 측은 계속해서 통상 조약의 체결을 시도하였다. 로저스 소장은 7월 3일에 함대를 이끌고 중국으로 떠났다. 그가 해군 장관에게 낸 보고서를 보면, 광성보 전투 때에 조선 군인은 243명이 죽었고 포로는 20명에 달한 반면 미국 군인은 3명이 전사했다고 적혀 있다.

미국의 인기 작가이자 역사가인 더글라스 스테너(C. Douglas Sterner)는『신미양요, 다른 하나의 한국 전쟁(Shinmiyangyo: The Other Korean War)』이라는 책에서, "1871년의 조선 원정은 정치적으로 완전히 패배한 것이었다. 이 실패한 모든 전투에서 조선 군인은 350여 명이 전사하였고 미국인은 3명이 죽었다 ……. 광성보를 지키던 수비병은 500명 정도였다."라고 말하고 있다. 우리나라의 『고등 학교 국사(하)』에는 "대원군의 통상 수교 거부 정책은 외세의 침략을 일시적으로 저지시키는 데에는 성공하였으나, 조선의 문호 개방을 가로막아 근대화에 뒤지게 하는 결과를 가져오기도 하였다."라고 씌어 있다.

봄이 가고 여름이 되자, 문우들과 함께 강화도로 신미양요의 현장인 광성보를 찾아갔다. 신미양요 때에 육박전이 벌어졌던 곳이다. 광성보의 문(門)인 안해루(按海樓), 구식 대포가 전시되어 있는 광성 돈대, 강화영(江華營) 진무중군(鎭撫中軍) 어재연(魚在淵)의 쌍충비(雙忠碑), 순국한 수비병들이 합장된 신미순의총(辛未殉義塚), 신미양요 최대의 격전지인 손돌목 돈대를 둘러보고, 강화 해협에 돌출한 용두 돈대(龍頭敦臺)로 가서 미국 군함들이 쳐들어 왔던 바다를 바라보았다.

올가을에는 〈한국수필〉 동호인들과 더불어 강화읍의 강화역사관을 방문하였다. 건물이 지하 1층, 지상 2층으로 된 아담한 양옥이다. 나는 제4전시실에 들어가 병인양요 때의 정족산(鼎足山) 전투와 신미양요 때의 광성보 전투 장면을 재현한 디오라마를 관람하였다. 수비병들이 미국 병사들의 총검에 찔려 죽는 모습도 살펴보고, 2층 계단 벽면에 걸려 있는 수자기의 모조품도 구경하였다. 수자기의 진품은 미국 해군사관학교에 전시되어 있다고 하였다.

어느덧 겨울이 가고 봄이 왔다. 안과 의원에 다니며 보신각 뜰에 있는 '척화비(斥和碑) 있던 곳'이라는 표지석을 보노라면, 운현궁 전시관에 있는 모형이 눈에 선하다.

(2006. 3)

스승 생각

눈이 내리는 어느 날 오후, 나는 노량진역에서 열차를 타고 종각역에서 내리자 영풍문고로 걸음을 옮겼다. 문고의 종각역 회전문을 밀고 들어가니 고객이 많았다.

어린이 책 코너 앞을 지나서 아래층으로 걸어 내려갔다. 여점원이 '영어문법'이라는 글씨가 붙어 있는 책꽂이를 가리켜 주었다. 위 칸에는 수험용 영문법 참고서가 꽂혀 있고, 가운데 칸에는 고등 영문법 서적들이 들어 있으며, 아래 칸에는 기초 영문법 책들이 놓여 있었다.

맨 아래 칸에 눈길이 머물자 『學習英文法』이라는 책이 눈에 띄었다. 두께가 704쪽에 달하는 저술이다. 어학 시험 참고서 때문에 구석으로 밀려난 것처럼 보인다. 저자는 한국의 교육자요 영문학자인 박술음(朴術音) 박사이다. 선생님은 79세 되던 해인 1981년에 학술서를 내었다.

그 책을 들고 계산대로 갔다. 책가 9천 원을 치르고 책을 받아드니 박사님의 체온이 느껴지는 것 같았다. 은사님은 1902년에 서울에서 태어나 1983년에 돌아가셨다. 올해가 2005년이니까 선생님을 만나 본 지도 40년이 넘었다. 책을 공손히 들고 에스컬레이터에 올랐다. 가운데 통로를 지나 종각역 출입문을 밀고 나왔다.

봄이 되자 집에서 테이블에 앉아 작품 하나를 영어로 옮겼다. 문예지에 발표한 수필 중에서 제일 좋아하는 '망초를 기르며'의 영역이었다. 'Growing Horseweed'라고 번역하였다. 맺음말인 '마른 망초 줄기로 발을 엮어 창문에 달았더니, 운치가 있다.'를 옮기기가 힘들었다.

작품 영역을 완성하자, 선생님의 『學習英文法』을 찾으며 번역문에 틀린 것은 없는지 살펴보았다. 그랬더니 생전에 대학에서 강의를 해주시던 모습이 눈앞에 떠올랐다.

(2006. 5)

안동손국시

눈이 내리는 날, 친구와 함께 영등포 역전 신세계백화점 식당가에 있는 안동손국시에 들렀다. 국시란 국수의 안동 지방 사투리이다. 나는 국시라는 말이 마음에 든다.

이 국숫집은 『일본제국군』이라는 제목의 책을 쓰고 있는 죽마고우와 점심 때 만나는 맛집이다. 나이가 일흔여섯 살인데도 책을 쓰고 있는데, 그가 이 글의 주인공이다.

우리는 가운데 테이블에 앉아 감자전을 시켰다. 젓가락으로 양념간장에 찍어 먹으니 배가 조금 불러 왔다. 그 다음에 국시 두 그릇을 주문하였다. 다진 간장을 치고 부추김치와 김치를 얹어서 먹었다. 면발이 졸깃졸깃하고 국물도 구수하지 않은가.

나는 "권석근이가 늘그막에 고생을 사서 한다."라고 말하였다. 내 말씨에 친구는 " 허허!" 하고 웃었다. 그는 공군사관학교 출신이다. 공군에서 통신 장교로 근무하였다. 중령으로 퇴역한 후에는 지관(紙管) 공장을 운영하였다. 그런 그가 일본 군대의 역사를 쓰고 있는 것이다.

내가 친구한테서 책을 쓴다는 말을 처음 들은 것은 4년 전에 이 맛집에서 그를 만났을 때였다. 친구는 저서를 남겨 놓아야겠다고 하면서, 목차에 따라 태평양 전쟁에 관해 쓰고 있다고 하였다.

친구는 도쿄 대본영이 있던 곳, 가미가제(神風) 특공대가 출격했던 가고시마(鹿兒島), 아이치 현(愛知縣)에 있는 A급 전범 7명의 묘비 등지에 가서 자료를 수집하였다. 중국의 난징(南京)과 필리핀의 코레히도 섬과 서태평양의 사이판 섬도 답사하였다.

국숫집에서 여행담을 들려 주었는데, 일본 군인들은 중국에서 포로들을 잡으면 즉결 처분을 하거나 생매장을 했다고 하였다. 남양 군도의 어느 섬에서는 토착민을 잡아먹은 적도 있다는 것이었다.

지난봄에는 친구가 국숫집에 원고를 가져왔다. 목차를 보니 내용이 제국군의 창설과 성장, 이웃 나라 침략, 중일 전쟁, 제2차 세계 대전과 패전, 제국군의 편성과 교육의 순서로 쓰였다. 교육 항목이 중요하다고 하였다.

우리는 여름 장마에도 아랑곳하지 않고 영등포역 신세계백화점 안에 있는 안동손국시에서 만나 저술에 대해 논하였다. 그런 때면 여성 주인은 강녕을 빈다고 하면서 상가가 내려다보이는 창가로 안내하였다.

오늘 친구는 국시를 먹으며 상반기 중에는 어떻게든지 원고를 완성해야 되겠다고 하였다. 퇴고하는 것도 힘이 들더라는 것이었다. 친구의 두발을 보니 면발처럼 허옇다.

　다음은 내가 점심을 살 차례다. 벚꽃이 필 무렵에 우리는 안동 손국시에서 만나기로 하였다.

[2007. 3 〈문학저널〉 43호]

서울외국인묘지공원

우리 동네 골목에 목련꽃이 만개하던 어느 봄날이었다. 나는 노량진역에서 열차를 타고 가다가, 신도림에서 녹색 2호선 열차로 갈아타고 달리어 합정역에서 내렸다.

그 길로 한강 쪽에 있는 서울외국인묘지공원을 찾아갔다. 정문 안으로 들어서니, 보도 양쪽에 목련꽃이 하얗게 피었다. 오름길 왼편에 우뚝 서 있는 교회도 반기는 것 같았다. 노란 개나리꽃을 완상하며 언덕에 올라섰다.

외국풍의 비두(碑頭)를 지닌 비석들이 아래쪽에 늘어섰다. 비석들 뒤에는 무덤들이 잔디를 이불 삼아 덮고 누웠는데 따뜻해 보였다. 조선 시대에 양화진(楊花津)을 수비하던 진영이 있던 곳이다.

묘역 가운데 입구로 들어섰다. 바른쪽 나무 옆에 어니스트 토마스 베텔(Ernest Thomas Bethell)의 갓비석이 서 있었다. 비두가 팔작지붕 모양을 하고 있다. 비신에는 '大韓每日申報社長大英國人裵設之墓'라는 열여섯 글자가 음각되어 있다. 대한매일신보는 항일 운동을 대변하였다.

　조금 들어가자, 왼편에 호머 헐버트(Homer B. Hulbert)의 묘비가 보였다. 비신 윗면에는 영어로 'I would rather be buried in Korea than in Westminster Abbey'라는 글이 새겨져 있는데, 뜻인즉슨 '나는 웨스트민스터 성당보다 한국 땅에 묻히기를 원한다'라는 말이다. 호머 헐버트는 미국 감리회 선교부의 선교사였다. 우리 민족의 독립 운동과 문화 소개에 큰 공을 세웠다.『한국의 역사(The History of Korea)』와 『대한제국 멸망사(The Passing of Korea)』라는 책도 지었다.

　조금 더 들어가자, 바른편에 헨리 벤크래프트 졸리(Henry Bencraft Joly)의 묘비가 눈에 띄었다. 비신 위에 삼각형 모양의 비두가 있고 그 위에 기둥 모양의 탑이 있다. 비신에는 영어로 글이 씌어 있는데 심하게 마모되어 있다. 헨리 벤크래프트 졸리는 영국 영사였다. 곁에 묻혀 있는 클라라 에인스 릴리 졸리(Clara Agnes Lillie Joly) 부인은 순종 임금이 세자였을 때에 영어 교사로 봉직하였다.

　아래로 내려가니, 홀스 그랜트 언더우드(Horace Grant Under-wood) 부부의 묘비가 있었다. 비신 윗면이 맞배지붕처럼 생겼다. 비의 제목은 '大美國人元杜尤牧師夫人好敦氏之墓'라고 되어 있다. 홀스 그랜트 언더우드는 장로회 최초의 새문안교회와 연희전문학교를 설립하였다. 한영사전도 편찬하였다.

　주위를 살펴보자 어린이 묘비들도 보였다. 가까이 다가가 보니 묘비에 이름이 또렷이 새겨져 있었다. 그리고 이름이 없는 'Unmarked'라는 묘비들도 있었다. 이런 무덤의 주인공은 어떠한 말을 남기고 싶었을까.

기록에 보면 이곳에는 모두 429기의 무덤이 있다고 한다. 신원 미상의 무덤은 37기나 된다는 것이다. 국적별로 보면 미국인의 무덤이 266기이고 영국인의 무덤이 35기이며, 직업별로 보면 선교사 및 가족의 무덤이 206기요 군인들의 무덤이 64기라고 한다.

묘역 아래쪽에는 한강이 유유히 흐르고 있다. 옛 양화진의 동쪽 언덕에는 절두산(切頭山)이 고개를 불쑥 내밀고 있다. 흥선 대원군(興宣大院君) 시절에 천주교 신도들이 처형되었던 곳이다.

묘지공원을 한 바퀴 돌아서 묘역 가운데 입구로 돌아왔다. 저만큼 나무들 사이에 석양이 걸렸다. 묘지 전경을 내려다보니, 저 아래서 목련꽃들이 손짓을 하는 것만 같았다.

무덤의 주인공들은 어찌하여 낯설은 이곳에 묻히게 되었는가에 대하여 생각하여 보았다. 여기에 잠든 영혼들은 이 나라를 사랑한 나머지 이 땅을 영원한 안식처로 삼았을 것이다.

묘지공원의 무덤을 보노라니, 한말 외교의 현장을 목격하는 것 같다. 또 무덤의 주인공들이 풍전등화의 코리아를 구해 보려고 애쓴 일들이 머리에 떠오른다.

[2007. 5 〈한국수필〉 147호]

11. 이경구의 수필

아메리칸 하이비스커스 전시회 (미국 마이애미)

작품평

■ 내가 수필 공부를 시작한 것은 1995년의 일이었으니, 이 책이 세상에 나오는 데에는 10여 년이 걸렸다. 수필을 쓰게 된 동기는 1998년 12월 〈한국수필〉 통권 95호에 이렇게 썼다.

저는 공직에서 정년 퇴직을 한 후부터 글에 취미를 가지고 살고 있습니다.

동기는 두 가지입니다. 첫째는 '시흥이 돋는 심경이면 늙지 않는다 [詩心不老]'라는 말도 있듯이 저는 글을 통하여 새로운 인생을 살고 싶습니다. 둘째는 공무원을 하는 동안 거둔 생활의 낙수(落穗)들을 글로 남기고 싶습니다…….

■ 같은 〈한국수필〉 통권 95호에 실린 신인상 당선작에 대한 신인상추천위원회의 심사평은 다음과 같다.

이경구 씨는 직업 외교관으로 활동하다가 정년으로 퇴임한 후 수필 문학에 쏟는 열정에 우선 사의를 표한다.

「무궁화 전시회를 찾아서」에서는 일제시 무궁화의 수난으로부터 술회하여 국화 사랑의 잔잔한 감동을 주고 있다. 「까치 소리」에서는 병고를 겪으며 까치와의 심리를 별 무리 없이 표출한 작품이다.

앞으로 외교관으로서 겪었던 독특한 소재로 개성 있는 작품이 빚어지기를 바라는 바 크다.

■ 내가 가장 좋아하는 작품은 2001년 2월 〈한국수필〉 통권 108호에 실린 「망초를 기르며」이다. 인간의 흔적은 운치가 있어야 함을 적었다.

문우 오양수(吳養洙) 시인은 2004년 8월 〈白眉文學〉 제10집에 「망초를 기르며」에 대한 감상문을 썼다.

바람에 날려온 망초의 생명력과 그것을 소중하게 다루는 작가의 생명 존중 사상이 문장 속에 절절히 녹아 있다. '식물도감에 보면, …… 풀의 삶의 의지가 얼마나 강인하면 야생화 연구가조차 혐구를 퍼부을까? 하지만 잡초치고 그렇지 않은 잡초가 어디 있으랴.' 대목에서 모든 생명에게는 그가 지닌 가치를 인정해 주고 소중히 여겨야 함을 지적하고 있다.

■ 2002년 8월 〈한국수필〉 통권 117호에는 「고요한 아침의 나라」를 평하는 글이 다음과 같이 실렸다. 문학 평론가 임헌영 교수의 월평이다.

이경구의 …… 조선조 황윤길, 김성일의 일본 통신사 보고서의 견해 차이와 이에 대한 문학평론가 이어령의 『흙 속에 저 바람 속에』에서의 평가가 정당했던가를 고찰한 이 글은 연구식 에세이의 한 전범이다.

■ 2002년 〈月刊文學〉 12월호에는 「달아 달아」에 대한 변해명 수필가의 월평이 아래와 같이 실렸다.

이경구 님의 「달아 달아」는 어머니의 노랫가락이 동화 같던 어린 시절의 달을 생각하고 달을 닮았던 소녀를 기억하는 한 폭 그림 같은 수필이다.

■ 2005년 9월 작품 「목화」를 숭신초등학교의 이영화 선생님에게 이메일로 보냈더니, 아래와 같은 답신을 보내 왔다.

프린트해서 교실 게시판에 붙여 놓았더니 아이들이 열심히 읽어 보고 "씨아가 씨앗을 뽑아내는 도구인가 봐!……"라고 하면서 소곤거리더라구요. 선생님들의 독후감은 다음과 같아요. "참 글이 간결하네요."

■ 2006년 1월 〈한국수필〉 통권 138호에는 「방범등 불빛」에 대한 신상렬 평론가의 월평이 다음과 같이 실렸다.

이경구의 「방범등 불빛」은 수필계의 거목 조경희 선생을 애도하고 추모하는 글이다. 작가가 좋아하는 비오는 날의 방범등처럼 이 땅에 애정과 사랑의 그림자를 드리우고 가신 선생님에 대한 추모의 글이다.

■ 2009년 2월에 백미문학회에서는 종로구 한일장에서 미국으로 이민을 가는 나를 위해 소별연을 열었다. 김혜숙 백미문학 회장은 고별사를 읽었는데, 내 글에 대해서도 언급하였다.

선생님의 수필 세계 역시 깔끔한 선생님의 성격이나 모습이 그대로 드러나 있습니다. 오랜 세월 동안 관찰하고 숙성시켜 세상에 선보인 「망초를 기르며」나 「소렌토 아리랑」과 같은 글들을 대하면 여유와 멋이 느껴져 조선 시대의 선비를 뵙는 듯합니다.

소렌토 아리랑, 맛있다

박정순

노량진역 2층 대합실에서 이경구 수필가를 만났다.

역 건너편에 사시는 선생님은 산책이나 여행을 하기 위해 자주 역 앞의 육교를 건너 2층 대합실을 지나간다. 그 육교에서 르누아르 그림을 닮은 여인을 만났다는 이야기가 「육교 풍경」으로 그려져 『소렌토 아리랑』 책 속으로 들어갔다.

「육교 풍경」 글이 〈백미문학〉 11집에 실렸을 때, 내 딸 윤영이가 글을 읽고서 옷 벗는 푸우를 사러 가자고 하였다. 책이 출간되기 전의 어느 더운 여름날이었다.

딸과 함께 나간 육교 위에는 선생님의 글 속에 그려진 풍경이 그대로 사진 속의 장면처럼 펼쳐져 있었다. 그 풍경 속에는 옷 벗는 푸우를 파는 눈이 크고 얼굴이 동그란 중년 여성이 있었다.

선생님처럼 딸도 물개 옷을 입은 푸우를 하나 사고, 육교 옆의 2층 cake & drink점 top plus에서 요구르트 아이스크림을 사 먹었다. 딸아이는 푸우 이름이 손님을 끈다고 하였다.

선생님을 모시고 대합실을 나와 육교로 들어섰다.

"젊은이들뿐일 텐데 내가 들어가면 싫어하지 않겠소?"

상대방에 대한 배려가 몸에 배어 있다.

선생님과 그 2층 다방의 창가에 자리 잡고 앉아 홍차와 유자차를 시켰다. 입을 한일자로 다물고 있어도 웃고 있는 듯한 선생님 모습이 어린아이처럼 맑아 보였다. 창밖으로 창틀에 걸쳐 앉은 낙엽이 보여 가을이 깊었음을 말해 준다.

선생님은 막 발행된 책을 꺼내 보여 주시며,

"표지가 어때요?" 하고 물어 본다.

"이국적인 여행 분위기가 나네요."라고 답을 해 드렸다.

책 표지에는 『소렌토 아리랑』이라는 이름에 맞게 바닷가의 도시 풍경이 경쾌하게 그려져 있다. 공학도이면서 취미로 그림을 그린다는 아드님이 책 제목에 맞춰 급하게 그려 보낸 것이라고 한다.

"집사람은 차가워 보인다고 해요."라고 하시며 내 의견을 물었다.

하얀 코팅지 위에 칠해진 푸른 바닷물이 시원하게 보인다. 차갑다기보다는 깔끔하다는 인상이다.

책 속으로 선생님을 따라 들어가 본다. 선생님의 글들은 간결하고 구체적이다. 글에 군더더기가 없다. 육교 위의 여인을 보고 르누아르의 그림을 떠올리고, 교보문고를 찾아가 르누아르 화첩을 사서 그림 속의 여인과 대조해 가며 글을 썼다.

선생님의 글은 급하지 않다. 늘 천천히 걷는 산책과 같다. 다섯 해가 넘게 옥상의 화분에 망초를 기르고, 망초 줄기를 잘라 모아 두었다가 발을 엮어 창문에 걸고 나서야 「망초를 기르며」 수필 한 편을 지었다.

선생님의 수필 산책길을 따라가면, 부부 생활의 면모도 만난다. 퇴근하는 아내를 노량진역으로 마중 나갔다가 만나지 못하고 허전한 마음으로 돌아오는 시간에도 「안개 낀 노량진역」이란 수필을 엮었다. 그렇게 쓰인 글은 수채화처럼 맑고 잔잔하다.

선생님 댁 담장 밑에 마을 사람들이 쓰레기를 버리면 쓰레기로 글을 엮는다. 사전에서 쓰레기의 어원부터 찾고 쓰레기가 있는 동네를 찾아다닌다. 대형서점과 국회도서관을 방문하여 쓰레기를 다룬 문학작품을 찾아 읽는다. 쓰레기를 다룬 신문과 뉴스도 유심히 본다. 「쓰레기」라는 작품은 이렇게 만들어졌다. 작자의 비평이나 주장보다 보이는 그대로를 옮겨다 놓았으나, 글에는 정신이 번쩍 드는 구절이 있다.

그런데 나의 눈에는 팔당호의 길게 휜 쓰레기 띠가 한반도의 지도처럼 보이는 것이었다. ―「쓰레기」 중에서

노량진 가구점 길을 걸으면서 「조선 가구」 풍경을 썼고, 구두 수선이 끝나기를 기다리며 「구두 병원」 이야기를 지었다. 호떡 가게를 지나면서 어린 시절부터 지금까지의 선생님만의 「호떡」 역사를 그려 냈다. 여름에 매미 소리가 소란할 때 「매미 소리」를 스케치했는데, 그 글의 결구가 또한 기가 막히게 즐겁다.

우리 노인들은 말을 아껴야 귀염을 받는다. —「매미 소리」 중에서

이 책은 선생님 인생의 가을 열매와 같다. 열매를 어느 쪽에서 베어 먹어도 잘 익어서 단물이 흐른다. 요리조리 돌려가며 베어 먹는 맛이 더없이 맛있다. 잘 익은 열매를 선물해 준 선생님이 말할 수 없이 고맙다.

[2008. 8 〈백미문학〉 14집]

* 박정순 : 〈한국수필〉 등단. 한국문인협회, 한국수필가협회, 서울초등문예창작교육연구회, 백미문학회 회원. 서울정목초등학교 수석교사.

수필의 원천에 다가서며

— 이경구의 『소렌토 아리랑』

임창순

이 책을 읽고, 수필의 원천(源泉)에 다가선 느낌이다. 여기서의 원천이란, 일본 후쿠오카(福岡)대학의 오시마(大嶋) 교수가 〈에세이문학〉(2007년 겨울호)에 발표한 「일본문학의 원시성(原始性)」과 관련이 있다.

현대의 한국 수필문학은 이런 원칙에서 너무 멀리 와 있는 느낌이다. 장강(長江)을 흘러온 상수도처럼 정수 시설이 즐비하다. 정수기는 인간이 지능적으로 설치한 문명의 도구이지만, 원천수를 오염시킬 가능성도 있다. 그렇다고 지금 세상에서 버릴 수 없는 장치가 정수 시설이다. 없으면 불안하다. 불안하니 다시 설치한다. 몇 번 그러는 사이에 정수기는 현대인의 필수품이 된다. 원천이 약수에 해당할 만한 물이라면 이런 정수 시설은 아마 불필요한 문명의 도구에 불과할 것이다.

한국인들이 정수기를 거친 물이어야 안심하고 마시는 것처럼 한국의 수필가들은 수필의 정제에 지나친 열정을 쏟고 있는 것은 아닌지? 나는 가끔 그런 생각을 하던 차에 이경구의 수필집을 읽게 되었다.

『소렌토 아리랑』에서 수필의 원천을 생각하는 것은 우연이 아니다. 그는 직업외교관으로 정년한 후에야 수필가가 되기로 작정한 늦깎이 작가이다. 이 길이 쉽게 열릴 수 없다는 것은 물론이고, 외교문서나 영문학과는 다른 것이 수필문학이라는 것도 알고 있었을 것이다.

10년이 그렇게 흘러 『소렌토 아리랑』이 태어났다.

내가 이 책에서 원천의 향을 맡을 수 있는 것은 어쩌면 동류(同類) 의식인지도 모르겠다. 그와의 동류란 사회 일반에 알리고 싶은 나의 귀한 정보, 지식 등을 문학화하는 작업이다. 그것은 고집이고 집념이다. 그는 그 나름의 샘물을 가지고 있다. 외교사와 가정사를 조합하여 만든 샘이다.

수필은 역사의 기록일 수도 있다. 『춘추(春秋)』라는 역사적 사실에 자신의 느낌을 더하면 『춘추좌씨전(春秋左氏傳)』이라는 '역사수필'이 된다. 이때 자신의 느낌이란, 한두 해 저장한 느낌이 아니다. 손발이 잘려나가도 그대로를 기록해야 하는 사마천(史馬遷)의 마음과 같은 것이어야 한다. 역사에는 정치사와는 달리 진행되고 있는 개인사, 향토사, 교육사, 과학사, 육아(育兒)사, 외교사 등과 같은 많은 장면들이 있다. 물론 정치라는 큰 틀 속에 있는 것이기는 하지만, 개개인의 입장에서 진행되는 이들의 역사적 사실은 역사이면서 곧 문학이 되는 것이다. 『사기(史記)』를 문학서로도 읽는 것은 이런 이유이다.

『소렌토 아리랑』을 읽으며 이런 생각을 갖게 되는 것은 이 수필집이 외교관으로 근무하면서 고집스러운 하나의 주제를 궁구(窮究)하고 있기 때문이다. 그 주제는 '나라 사랑'이다. 이런 주제는 아주 흔해빠질 수 있으며, 보통 사람들의 문학에서는 될 수 있는 대로 피해가는 것이 일반적이다. 실천 여부를 떠나 애국이라는 말 자체가 아주 어려운 언어이다. 이런 어려움을 아는 필자였기에 피하기는 커녕 정면으로 끌어안았다.

그는 직업외교관으로 30여 년을 근무했다. 30여 년의 외교 사실(史實)을 간추리면 자서전(自敍傳)이 된다. 이런 방법은 아주 쉬운 저작 행위이다. 책을 저술하였다는 의미에서는 수필집보다 사료적 가치를 인정받을 수도 있다.

그는 이런 자서전을 피하고, 굳이 수필집을 내놓았다. 이런 작업을 위하여 노년(老年)을 걸었다. 세월은 연령대에 따라 속도가 빨라진다는 우스갯소리가 있다. 그는 시속 60킬로를 넘어서는 위기의 세월을 여기에 걸어 현대 한국의 수필가들이 개척하고 있는 수필가의 대열로 들어섰다. 외교관 출신으로는 처음일 수 있는 늦깎이 등단을 거치는 일부터가 예사롭지 않았을 것이다. 이미 현대적 의미의 수필 시대를 가고 있는 수필 문단이 이경구 류(類)의 수필을 얼른 받아들이기는 어려웠을 것이다.

"수필은 서사(敍事)가 아니다. 수필은 자기고백이다. 수필은 수미쌍관(首尾雙關)이다." 등의 수필 작법에서부터 심사위원의 개인 취향까지 곁들여가며, 더러는 그들 유의 수필이 되도록 근엄한

'지도'도 받았을 것이다. 30여 년을 외교관 체질로 지내신 분이 그런 과정을 거친다는 것은 어쩌면 형벌과 같은 것이었을 것이다.

이러는 사이에 시속 60킬로이던 노년의 속도가 70킬로로 빨라졌다. 그의 전공과는 거리가 먼 문학서로의 수필집이 태어났다.

수필의 제목으로는 참으로 난제(難題)일 수밖에 없는 「무궁화 전시회를 찾아서」라는 부분을 보자.

"마을에서는 무궁화를 샤론의 장미라고 하였으며, 봄부터 세모까지 피고 지고하였다. 백의민족(白衣民族)의 넋을 닮아서 그런지 꽃잎이 하얗고 화심(花心)에 단심이 들어가 있는 것을 아내는 신기하게 여겼다."

이 수필은 60년 정도의 긴 세월에 걸쳐서 완성되었을 것으로 추측된다. 미국 마이애미의 한국총영사관 영사로 발령 받아 무궁화가 있는 집을 얻게 된 감격은 아직도 유효하다. 『소렌토 아리랑』의 모태일 것이라는 생각이 든다.

미국에 한국의 국화가 자생하고 있다는 사실, 그런 국화가 있는 집에서 살게 된 한국인으로의 자부심이 아내의 단심(丹心)을 통하여 은유되고 있는 것이다.

이 작품은 이미 40년 전에 발표된 '보고문'이었던 듯하다. 미국에도 무궁화가 있다는 사실을 교민들이 발간하는 한인소식지에 게재한 보고서 수준의 산문이었던 듯하다. 미국에서 샤론의 장미라고 하는 이 아름다운 꽃은, 실은 대한민국의 국화인 무궁화이며, 당신들이 무궁화라고 생각하는 하이비스커스는 속(屬)만 같을

뿐, 종(種)이 다른 꽃이라는 사실 보고였다.

그의 수필은 기존의 수필가 선배들이 매우 걱정하는 소설과의 경계를 굳이 넘나든다. 「벼」와 「휴전선은 살아 있다」가 특히 그런 작품인데, 「벼」는 이 책의 첫 머리에 편집하는 것으로 뱃심을 부렸다. 아마 이 책의 첫 장을 연 독자들은 여기에서도 일단 어리둥절하였을 것이다. 이런 콩트 같은 글 말미에 붙은 '수필'은 단 석 줄이다.

"이것은 내가 아들을 그리는 글이다. 나하고 영등포 근교의 어느 마을로 벼 베기 구경을 갔던 아들, 곧 글 속의 소년은 일리노이 대학교 컴퓨터 공학과에 들어갔다."

'수필의 원천'에 대한 오시마(大嶋) 교수의 이야기로 이 글을 맺고자 한다.

"여러분도 잘 아시다시피 한반도로부터의 이주자들이 지금 일본의 근본이 되는 야마토(大和) 국가를 건설하였습니다. 그들은 불교와 유교, 거기에 도교(道敎)까지 들고 왔을 뿐만 아니라, 천손강림(天孫降臨)의 신화를 통하여 자신들의 정치권력을 절대화한 것입니다. 그럼에도 불구하고, 일본 문학에서 가장 오래된『고지키[古事記]』조차도 서정적인 요소로 채워져 있는 것입니다. 서사적인, 바꿔 말하면 드라마틱한 한반도의 문학이 일본에서는 번성하지 못하고, 서정적인 문학으로 연명하여 내려온 것입니다."

일본 문학을 원시적인 문학으로 소개하는 진의(眞意)를 떠나, 현대의 일본 수필은 한국과 같은 장(場)을 이루고 있지 않은 게 확실

하다. 그들의 장은 시인, 소설가, 과학자, 의사, 평론가 등이다. 수필가로 길러낸, 말하자면 정수(淨水)된 수필가를 아직은 널리 인정하지 않는 듯하다.

이경구 수필 문학의 특징은 외교문서에서 길든 간결 정확성이 문학의 여유로움을 거부하는 필법이다.

은유와 생략, 이 또한 다른 작가에게서는 발견하기 힘든 특이한 은유이고 생략이다. 있어도 내놓지 않고, 내놓고도 보여주지 않는다. 그것을 알아내는 것은 상대방의 지혜이고 안목이다. 원천을 고집하면서도 물결에 편승하며, 흘러가다가도 다시 원천으로 돌아가려 하는 이경구의 수필 세계가 오직 그만의 고민이 아닌 것을 안다.

[2008. 4 〈한국수필〉 158호]

* 임창순 : 〈한국수필〉로 등단. 재외국민교육원 교수. 구로고등학교 교장 퇴임. 일본거주 집필 활동. 작품집 『불티산 36』, 『한국의 숨결』외 다수.

글을 통해 새로운 인생을 살다
— 직업외교관 출신 이경구의 『소렌토 아리랑』

안재동

한 인간의 '직업생활 평생'이랄 수 있는, 30여 년 간이나 미얀마, 브라질, 일본, 미국 등지에서 대한민국 외교활동에 종사하다 정년을 마친(1992년) 후 3년간 외교안보연구원 명예교수까지 지낸, 이른바 '외교통(外交通)' 이경구 씨. 그가 첫 에세이집 『소렌토 아리랑』(문학관 books 刊)을 상재했다.

그는 이미 『내가 본 時事英語』, 『외교문서작성법』, 『영어書翰文작성법』, 『영문편지 쓰는 법』 등 4권의 전문서를 저술한 바 있기에 이번 출간이 출판 관련으로 첫 경험은 아니다. 하지만, 이 책은 노령(1934년 생)에도 불구하고 문학서(文學書)를 세상에 냄으로써 그의 또 다른 재능과 면모를 펼쳐내는 일이어서, 또 등단(1998년 〈한국수필〉) 이래 10여 년 만에 갖는 상재여서 주위의 큰 관심을 불러 모으고 있다.

이 이야기는 지금으로부터 4백여 년 전인 임진왜란 당시 왜적들에게 붙잡혀 노예로서 나가사키(長崎)로 끌려간 조선 포로들 중의 한 사람인 안토니오 코레아가 생각나서 쓴 것이다. 피렌체 상인 프란체스코 카를

레티가 남긴 항해 일지를 보면, 그는 나가사키의 노예 시장에서 조선 소년 5명을 샀다고 한다. 귀국 도중에 4명은 인도에 있는 고아에서 풀어 주고 1명을 데리고 왔다는 것이다. 카를레티는 그를 안토니오 코레아라고 불렀다고 한다. 안토니오 코레아는 이탈리아 처녀에게 장가갔을지도 모른다. 알비 마을은 남부 이탈리아에 있으며 코레아 씨의 집성촌이다.

— 「소렌토 아리랑」 중에서

작가라면 작품세계가 자신의 직업과 깊은 연관성을 띠기 마련이다. 그래서 작품 속에서 직업적 경험이 노골적으로 또는 은연중에 표출되는 경우가 많다. 특히 수필 장르의 경우에는 그런 경향이 더욱 두드러진다. '일상생활의 소소한 기록' 또는 '신변잡기'라는 말이 나올 정도이니 말이다. 그러나 이 책 속에 든 이경구 수필가의 작품들은 자신의 직무경험(외교관)과는 상당한 거리가 있어 보인다.

쇠똥구리는 '똥을 빚는 예술가', '지구를 굴리는 벌레', '알의 썩음을 예방하는 과학자', '따뜻한 모정을 지녔다', '죽음이 아름답다'라고 쓴 시와 산문이 문학 작품에 많다. 이런 글이 있는 줄은 몰랐다. 그러고 보면, 쇠똥구리는 우리들의 벗이자 교사이고 모성애의 전범(典範)이며 환경미화원이 아닌가. 이러한 익충(益蟲)이 지금은 쇠똥이 귀해져서 멸종의 위기를 맞고 있다니 예삿일이 아니다.

— 「쇠똥구리」 중에서

256쪽 분량의 이 책에는 「까치 소리」, 「티끌 모아 태산」, 「망초를 기르며」, 「달아 달아」, 「휴전선은 살아 있다」, 「안개 낀 노량진역」, 「쇠똥구리」, 「육교 풍경」, 「조선 가구」, 「스승 생각」 등 47편의 작품이 10개 파트로 나뉘어 담겼고, 그 뒤에 「Growing Horseweed」 등 3편의 영문(번역) 수필이 부록형식으로 부쳐져 있다.

내가 망초를 처음 목격한 것은 지난겨울 어느 추운 날의 일이었다. 아침나절에 서재에서 책을 읽고 있노라니, 창밖에는 눈이 내리고 있었다. 함박눈이었다. 눈을 쓸기 위해 방문을 열고 옥상 정원으로 나갔다. 그랬더니 망초가 장독 앞에서 눈발을 맞고 있었다. 상추를 기르는 화분에 난데없는 망초가 돋아나 있었던 것이다. 겨울을 한데서 나고 있는 푸르죽죽한 자태가 대견해 보였다.

— 「망초를 기르며」 중에서

이경구 수필가는 책 머리글에 부친 「작가의 말」에서, "내가 그의 이름을 불러 주었을 때 / 그는 나에게로 와서 / 꽃이 되었다. (― 김춘수의 시 「꽃」에서)" 와 "죽음이 네 문전을 찾는 날 / 너는 무엇을 내보일 수 있겠는가. // 오오, 나는 내 생명 가득 찬 잔을 / 그 손님에게 드리리라. / 결코 빈손으로 돌아가게 하지는 않으리 (― R. 타고르/ 김양식 역, 「기탄잘리」에서)" 등 두 편의 시를 열거

하면서, "나의 수필 쓰기와 이 책에 쏟은 열정은 위의 시구와 같다."고 밝히고 있다. 그의 심중에 든 강한 문학적 여운이 느껴지는 대목이다.

그는 책 말미에 부친 「후기(後記)」의 「작품평」에서도, "수필을 쓰게 된 동기는 '시흥이 돋는 심경이면 늙지 않는다[詩心不老]'는 말도 있듯이 저는 글을 통하여 새로운 인생을 살고 싶습니다."라고 적고 있다. 문학에 대한 그의 분명한 주관과 목적성으로 이해된다. 이렇듯, 이경구 수필가는 그의 작품 한 편 한 편에서 팩트(Fact)와 감흥(感興)의 메시지로 독자와 교감을 시도한다.

[2009. 5. 31. 독서신문 제1464호]

---

* 안재동 : 한국문인협회 홍보위원, 한국현대시인협회 국제문화위원, 한국문학방송.
　　com 주간.

한국수필가협회 회원들과 함께(백악관 앞, 2010)

백미문학회 문우들(외교안보연구원 뒤뜰, 2010)

밀러스 크리크 마을 바비큐 파티(미국 워싱턴 주 뷰리엔 시, 2012)

12. 작품 영역
(英譯)

Growing Horseweed

The Song of Sorrento Arirang

The Truce Line Is Alive

큰아들의 망초 스케치

Growing Horseweed

There are a number of horseweed plants growing in my roof garden. These uninvited guests are growing in front of soy sauce crocks as if they were flowering plants.

An illustrated plant book says that horseweed is native to North America. It is a fertile weed that sprouts wildly in fields or vacant lands. It is no wonder that students of wild flowers should speak ill of horseweeds. Its will to live is so tenacious. However, has anyone heard of a weed that isn't so?

It was on a cold day last winter that I first noticed the horseweeds. That morning, I was reading a book in my study while snow was coming down in large flakes outside the window.

I opened the door of my study and went out into the roof garden to clear away the snow. It was then that I discovered them, exposed to snow in front of soy sauce crocks. These plants of doubtful origin apparently germinated in a flowerpot I use to grow lettuce. The plants, with their greenish leaves, looked praiseworthy for enduring the winter under the open sky.

Ipch'un, the first day of spring by the lunar calendar, has passed. A pair of magpies with withered twigs in their mouths flew above the roof of my house and perched on a tall gingko tree in the neighbor's garden across the street. North of the gingko tree, at a distance, a lonesome cloud could be seen sailing over the 63 Building.

The horseweeds have grown as much as 3 centimeters thanks to the spring rain. When I grabbed the horseweeds to pull them out, they appeared to be crying in pain. So, I left them alone. They didn't look too bad in front of soy sauce crocks anyway.

April has set in. I bought several big flowerpots at the village market and placed them in front of the window of my study and put some compost in each of them. I took the morning glory seeds that I had harvested the previous autumn from the drawer of my tiny writing desk and sowed them. I also bought some lettuce seedlings and planted them in separate flowerpots.

In the neighbor's garden, gingko leaves hid the magpies' nest. It occurred to me that magpies might have hatched their eggs and may have been watching me water the lettuce seedlings, the morning glory plants, and the horseweeds through openings in the foliage.

One balmy day in May, I picked lettuce leaves with my wife. The lettuce leaves were fresh and soft, being the first product of the season. My wife complained that growing horseweed would be of no use whatsoever and suggested that I grow lettuce and hot peppers if I really want to enjoy flowering plants.

Summer has arrived and some of the horseweeds have become infested with aphides. How did the aphides know that horseweeds were growing in my roof garden? Aphides steadily invaded the neighboring horseweeds.

I bought an insecticide at the nearby drugstore and sprayed it on the weeds. However, the insecticide didn't reach the aphides because they clung to the underside of the leaves. So I put on a pair of sanitary gloves and gently squeezed the leaves with my hands. This pressing motion killed the aphides and the horseweeds seemed quite refreshed. Dead aphides blew away with the wind.

When I came out of my study the next morning, I found a red morning glory flower blooming in the roof garden. Suddenly, the laughing face of my granddaughter, who lives in America with her parents, floated before my eyes. The following morning, the red morning glory flower withered and three more flowers bloomed. A white butterfly flew above the flowers. I supported the morning glory vines with long sticks. Every morning, more flowers were in full bloom and in the evening, they cast their shadows on the window.

The horseweeds have grown nearly 70 centimeters tall owing to the rainy season. Their stems became as hard as bush clovers and their branches reached out in all directions like larches. Stuck to the end of every sprig are small, bell-shaped, white flowers — horseweed flowers. These plain-looking flowers bloomed for many days. Even a tiny bee perched on one of the flowers to collect nectar. Two tiger spiders spun their webs between the branches. High above the weeds hovered many reddish dragonflies.

Ipch' u, the beginning of autumn on the traditional calendar, went by. The leaves on the lower parts of the stems began to dry one by one and the horseweeds seemed to throw away the withered leaves after their pappous seeds blew away. Swaying in the wind against the glow of the sun as it slowly sinks beyond the persimmon tree in the neighbor's garden to the west, the horseweeds appeared to stand in lofty solitude. At night, they seemed to stop the moon and talk in whispers.

As the middle of October has set in, the horseweed plants have withered and new horseweed sprouts, all fresh and green, have come out in the flowerpots. I hoped that they would also survive the winter.

Years passed, and it is now the summer of the fifth year since I started growing horseweed in my roof garden. In my old age I enjoy staring at the horseweed flowers when reading books.

One hot day, using strings as warps, I wove a blind with dried horseweed stems that I saved every year and hung it over the window. My horseweed blind looks crude, but it is functional.

(2006. 11)

The Song of Sorrento Arirang

While sightseeing Teatro San Carlo where folk song festivals are held, I thought of a saying. As the saying goes, one cannot understand life and art unless one sees Napoli.

As the autumn sun was about to sink below the horizon, my wife and I embarked on a passenger ship at Napoli. From the bow the island of Ischia could be seen at a distance. After a half hour boat ride we arrived at Sorrento Harbor.

At the entrance to the harbor we caught a ride in a sightseeing carriage in search of a folk song tavern. Billboards in the shape of musical instruments indicated that we had reached the folk song tavern district.

We got off the sightseeing carriage in front of a tavern named La Minerva. The name sounded familiar. We opened the door of the tavern and went inside hoping to satisfy our curiosity.

A middle-aged couple joyfully welcomed us.

"Hi, I'm Dino Corea."

"And I'm Mrs. Corea."

Their surname, Corea, made me wonder if their ancestors came from the Korean Peninsula. I inquired Mr. Corea about his hometown and he replied that he was born in a village called Albi. Mrs. Corea, on the other hand, said that she was Korean.

The couple, with beaming faces, showed us to a log table in the middle of a hall and soon, other guests filled the rest of the hall.

As we listened to Italian singers sing "Santa Lucia" and "Torna a Sorrento" over wine in the land of folk songs, we were overcome with joy.

"Where is Korea's son-in-law? Where is Korea's son-in-law?" shouted the stage manager through the microphone.

Mr. Corea with a longish face and a high-bridged nose stood on the platform grasping his wife's hand. Mrs. Corea called on the band to play the song, Arirang. Mr. Corea sang the melody of Arirang with his tenor voice, all the while he was looking at his wife with an expression of his love for her. It was the first time in my life that the sound of Arirang deeply touched my heart.

The audience gave the couple a standing ovation when their singing in chorus of Arirang came to an end. Mr. Corea grasped his wife's hand and stepped down from the platform and the couple sat by us.

Other guests close to us crowded around Mr. Corea. They asked him whether Arirang is the name of Mrs. Corea's native village. I asked Mr. Corea who taught him Arirang. He replied that it was Mrs. Corea. My wife and I had a long conversation with Mr. and Mrs. Corea.

We entered the lobby of Imperial Hotel Tramontano past midnight. I was told that Mr. Giambattista de Curtis, the composer from Napoli, wrote the music for the song "Torna a Sorrento" at the terrace of this hotel.

The next morning, we went to Sorrento Station and bought two tickets to Rome. To our surprise, Mr. Corea and his wife were waiting for us in the waiting room. We were glad to see them again.

"Please give my mother-in-law in Seoul my best regards," Mr. Corea said.

"Come and listen to us sing Arirang again," said Mrs. Corea in Korean.

We boarded the train and took our seats. The train soon departed the station and headed toward Rome. Looking out the window, the beaming faces of Mr. Corea and his wife were still vivid before my eyes.

I wrote this story because their surname reminded me of Antonio Corea, one of the Korean prisoners of war who were taken as slaves to Nagasaki when the Japanese invaded Korea some 400 years ago and started a war, the Imjin Japanese War.

The logbook left by Francesco Carletti, a Florentine merchant, says that he bought five Korean boys in the slave market of Nagasaki and freed four of them in the Portuguese colony of Goa in India on his journey home. He went back to Italy taking one boy with him. The logbook also says that Carletti named the boy Antonio Corea.

I suppose Mr. Antonio Corea might have married an Italian girl. The village of Albi is located in southern Italy and is inhabited by many Coreas.

[2006. 8 〈한국수필〉 141호]

The Truce Line Is Alive

I entered the Iron Triangle Observatory with my wife. In the briefing room, we could see a model of the area's topography and through every window fresh greenery could be seen.

We sat down side by side on the chairs for visitors. Soon a veteran came in. He gave a group of us a presentation on the model. On the left of the model is White Horse Hill. The terrain looks like a white horse lying down.

I stared at the barbed wire fence running east to west outside the window and traced forty odd years back to the time when I was in the army.

When Sergeant Park returned home Saturday night, his

wife was knitting baby socks out of wool under the lamplight. Outside, a cold wind flapped the weather stripping attached to the edge of the door.

"Living with a girl is a marvelous thing," Sergeant Park said.

"Is it really?" replied his wife.

The thatched cottage Sergeant Park rented was in a small village located approximately two miles from the front. In the winter it was bitterly cold in this mountain village and night came very early.

"Living with a girl is the greatest pleasure in life," said Sergeant Park loudly.

"Don't be silly," his wife laughed.

Sergeant Park cautiously touched her swollen belly. He thought he felt the baby move and his heart beat with delight.

It was Sunday morning and Sergeant Park got up late.

"Please eat before it gets cold," said Mrs. Park as she was bringing in the breakfast table. On the breakfast table were boiled rice and cereals, bean sprouts, bean-paste pot stew, and *kimch'i*.

The meal was good, but not nutritious enough for a

pregnant woman. Considering Sergeant Park's salary, however, the menu was a splendid one.

Sergeant Kim called on Sergeant Park in the afternoon. Sergeant Kim, who lived nearby, was a member of Sergeant Park's company. Sergeant Kim, Sergeant Park, and Sergeant Park's wife were all from North Korea.

The two Sergeants left the house together. They walked through the village and reached an unpaved road. The road was slippery with ice. They traveled a mountain trail that was a shortcut to the front. Light could be seen through a clink in the door of the company headquarters located on the mountainside.

The next morning Sergeant Park went up to the Observation Post on top of the mountain. The Observation Post, surrounded by shrubs, was a tochka position. Before the Observation Post was a barbed wire fence set up along the southern boundary of the Demilitarized Zone. Beyond the barbed wire fence was a nude ridge, the White Horse Hill, and far beyond White Horse Hill was the North Korean Camel Hill.

"Sergeant Park, you contended with the enemy for White Horse Hill didn't you?" Captain Yoon, who stood nearby, asked. He was one of the senior company commanders who had fought during the Korean War. His hometown was Pyongtaik, Kyonggi Province.

"I did, sir," Sergeant Park answered.

"Look at Chorwon Plain. The holes in the walls of those demolished buildings look like shooting holes of a fortress wall," said First Lieutenant Song who was observing the North through a pair of binoculars. Lt. Song, who had been newly appointed as firearms platoon leader a few days ago, was an elite officer.

"I agree with you, sir," Sergeant Park said. "The low mountain north of Chorwon Plain is White Horse Hill. North of the low mountain is the Military Demarcation Line. That is the Truce Line."

The following morning snow fell in the garden of the company headquarters and in the surrounding mountainous region. It was the first snow of the season. The trail leading up to the Observation Post and the trenches in the mountains were covered with snow. Sergeant Park, together with the conscripts, cleared the path.

On Wednesday evening Sergeant Park took a holiday leave and headed home. He was worried about his wife who was expecting their first baby and was due soon. Mrs. Park was reading a book on childcare before the lamplight when he arrived. She told him she had borrowed it from a neighbor. The cover had a picture of a baby.

"Let's move to Kwanin," Mrs. Park said. Kwanin was a small town located several miles south of the village. There were shops, a hospital, and a church in Kwanin.

On the morning of the third day after he came back, Sergeant Park and his wife packed up their belongings in preparation for the move to Kwanin. Just then, they heard a man call outside the door.

"Is Sergeant Park in?" the man asked.

Sergeant Park opened the door. The visitor was Corporal Lee, the company clerk.

"What's going on?" Sergeant Park asked.

"Last night North Korean soldiers crossed the Truce Line and shot at our patrolmen in the southern part of the Demilitarized Zone," Corporal Lee replied with urgency. "All soldiers have been put on special alert."

The Sergeant, together with the Corporal, returned to the company headquarters. During the day, Sergeant Park watched the barbed wire fence through his binoculars from the Observation Post. At night, he patrolled the trenches in the mountains with his men. Snow fell everyday.

One day, late in the afternoon, the company commander took an official trip to Kwanin. Sergeant Park, who was inspecting the trenches, took this opportunity and turned his steps toward his home. A freezing wind in the mountains hit the derelict in the face.

Arriving home at dusk, Sergeant Park pushed open the brushwood gate and stepped into the courtyard. An old lady who lived nearby came out from the kitchen.

"Mrs. Park's going to have her baby," said the old lady with a beaming face and went into the room.

Sergeant Park entered the kitchen. He made a charcoal fire in the portable cooking stove. As he made seaweed soup he pictured a baby crawling about the room.

Just then, Sergeant Park heard his wife utter a moan of pain. He was dumbfounded. He heard the old lady begin to cry in distress. He pulled open the door of the room and rushed in.

Mrs. Park, with an awful pale face, lay down unconscious. The floor was covered with blood and the newborn was dead. Sergeant Park, weeping bitterly, threw his arms around his wife's neck. There was no response from his wife.

Sergeant Park and the old lady held her and sobbed all night long.

The next morning snow fell in large flakes. Villagers, who heard the sad news, dug a grave in the mountain behind the village. They buried Mrs. Park along with her baby. It wasn't too long before the white snow covered the grave mound.

Sergeant Park kneeled in front of the snow covered grave and sobbed. He expressed gratitude for a short but happy life together. Sergeant Park also confessed that he owed his baby an apology for not being able to be a good father.

Sergeant Park returned to the Observation Post in the afternoon. He could not afford the time to mourn the death of his family. After making his rounds of inspection, Sergeant Park stared at Chorwon Plain through his binoculars.

The destroyed buildings were covered with snow. The scars left by the war, especially the gaping holes in the walls, looked like eye sockets of human skulls. Glistening from the rays of the sun, they appeared to be peaceful.

The following morning, Corporal Lee came to the Observation Post and told Sergeant Park that he would be discharged from the army soon. He added that he was expected to continue his university studies in Seoul.

"What have you learned, Corporal Lee?" Sergeant Park asked.

"The Truce Line is alive, sir."

"Well said Corporal," Sergeant Park exclaimed. "When you return to Seoul, tell the people the real aspects of the front."

"Yes, sir."

"Tell them the Truce Line is alive."

I am Corporal Lee. I would like to see Sergeant Park again. If Sergeant Park is still alive, he should be over eighty years old.

(2007. 3)

작가 후기

이 책을 쓸 때에 작품의 소재가 되어 주신 분들에게 다음과 같이 고마움을 표한다.

■ 「차례(次例)」가 실린 1997년 8월 〈白眉文學〉 제3집은 『내 마음의 安重根』의 저자인 사이토 다이켄(齋藤泰彦) 스님에게 송부하였다. 스님의 건승을 빈다.

■ 투병기인 「까치 소리」가 실린 1998년 12월 〈한국수필〉 통권 95호는 주치의인 박재갑 교수와 김노경 교수 그리고 간호사들에게 선사하였다. 복부의 수술 자국을 볼 때마다 고마움을 느낀다.

■ 「나에시로가와(苗代川)의 400년」이 실린 2000년 1월 〈외

교〉 제52호는 수관도원(壽官陶苑)의 제14대 심수관에게 송부하였
다. 사쓰마야키(薩摩燒)의 무궁한 번영을 바란다.

■ 「아우라지를 찾아서」가 실린 2003년 6월 〈한국수필〉 통권
122호는 정선아라리 문화연구소의 진용선(秦庸瑄) 소장에게 보냈
다. 아리랑을 화두로 살아가는 진용선 님에게 경의를 표한다.

■ 작품 「분꽃 미용사」와 「구두 병원」의 소재가 된 이웃들에게
감사드린다. 가게가 번창하기를 빈다.

이 책에 대해 평을 해주신 박정순 수필가와 임창순 수필가와
안재동 시인에게 깊은 감사를 드린다.